SHODENSHA
SHINSHO

ヤバいBL日本史

大塚ひかり

JN110521

祥伝社新書

はじめに　日本文化の真髄は「腐」にあり

日本が売られる、沈みゆく日本……近年、そんなことばが世間にあふれています。現実にそうした傾向が進んでいるということもあるでしょう。

そんな中、変わらず元気なのは漫画やアニメの世界です。

中でもＢＬは世界でも注目の的。

ＢＬとはボーイズラブの略で、今さら説明の必要もないと思うのですが、男同士の恋愛・性愛関係を描いた作品を指し、少女漫画の世界から発生しました。ざっくりいえば男性同性愛なのですが、ＢＬの場合、火のない所に煙を立たせるというか、あらゆる人や、モノにさえ、恋愛感情を見出し、その「関係性」のエロスを楽しむものといえるでしょうか。つまり「妄想」の部分も大きいのです。そして、そうした作品を好む女子を「腐女子《ふじょし》」といい、最近では女子のみならず、「腐男子」も増え、裾野《すその》は広がる一方です。

そんなＢＬについて、実は十年近く前から本を書かないかと何人かに声を掛けられていました。

けれど私は……幼稚園時代から漫画家になりたかったほどの漫画好き、中学以降も古典と漫画しか読まないオタクではあったものの、大学での専攻は日本中世史で、生活も仕事も古典文学中心に回っています。思考回路も古典文学脳になっていて、恋愛相談を受ければ『蜻蛉日記《かげろうにっき》』の作者の藤原道綱母《ふじわらのみちつなのはは》の体験談が心に浮かび、お金の話になると井原西鶴《いはらさいかく》の『日本永代蔵《にっぽんえいたいぐら》』や『世間胸算用《せけんむねざんよう》』の例が頭に浮かぶ人間です。

前近代の男色《なんしょく》ならともかく、追々触れるようにＢＬは男色とは重なる部分はあるものの、イコールではないし、私のような古典文学脳の者がＢＬの大世界に近づけるのだろうか……という迷いがあったのです。

が、ここにきて、これは書かねばと思ったのは、まず男色抜きには日本史は語れないということ、そして男色とはズレると思っていたＢＬですが、日本の古典文学や演劇を見ていくと、日本文化の真髄はＢＬのキモたる「腐《ふ》」の精神、妄想力にあったと気づいたからです。

男同士、上司と部下、友達同士で恋愛仕立ての歌を贈答していた『万葉集《まんようしゅう》』の歌人たち。

お題を設定して、見てもいない情景を歌に詠んだり、恋愛関係にない七十婆と三十男が恋歌を詠んだりしていた平安貴族たち。

「男もするという日記というものを、女の私も書くよ」と言って、『土佐日記《とさにっき》』を書いたネカマの元祖のような紀貫之《きのつらゆき》。

男が女や鬼や老人を演じる室町時代の猿楽能《さるがくのう》。

女が男を、男が女を演じる戦国〜江戸時代の歌舞伎。

子作り以外の性を罪悪視して男女の役割を固定化する傾向にあった前近代のキリスト教圏と異なり、日本では、両性具有してこそ最強という思想もあり、男女の境があいまいで、日本神話には子を生む男神がいたり、男装して敵を迎え撃つ女神アマテラス、女装して敵を倒すヤマトタケルなどもいる。

平安後期には、男として育ち女と結婚をする姫君と、女として育つ若君を描いた物語もあるのです。

このように古典文学で、しばしば性の境が自在に飛び越えられるのは、人の代わりに歌を詠む「代詠《だいえい》」の伝統というのがあって、老若男女すべての立場になって思考する「妄想力」を磨く訓練ができていたからでしょう。

日本でBLというジャンルが生まれ、他国に例を見ない発展をしたのは、こうした「妄想力」が土壌にあったからではないかと思うのです。


BL漫画を見ていると、男っぽいイケメンと、女っぽいイケメンの組み合わせも多いものですが、これなども前近代の男色世界における年長の念者《ねんじや》と年少の若衆《わかしゆう》という組み合わせに重なっている。遡《さかのぼ》れば弁慶《べんけい》と牛若丸《うしわかまる》、さらに遡ると、女装しても「映える」ヤマトタケルと猛々《たけだけ》しい敵クマソタケル、さらには大きなオホナムチと小さなスクナビコナという日本神話の神様に辿り着きます。

追々見ていくように、BL目線で見れば、かの『源氏物語《げんじものがたり》』だってBL小説ではないか……と思えるふしもあるのです。

男色は女色と対《つい》になる、男目線の概念であるのに対し、『源氏物語』などの平安古典文学には、明らかに男色とは異なる、女目線のBLとしか言いようのないシーンがあるんです。これに気づいてしまったことが、今回、BLの本を書く直接の引き金になったのでした。

日本の文芸が、いかにＢＬの「腐」の精神、妄想力に満ちたものであったか。
本書がそうした世界への小さな道案内となれば幸いです。

目次——ヤバいBL日本史

第二章 王朝文学はBL的性愛と疑似恋愛の宝庫

第三章　性でつながる中世の貴族と僧侶
女を排除した性と政

第四章　稚児愛から芸能人愛へ　室町・戦国時代の男色

第五章

江戸時代の男色世界

「両性愛」と「ガチ男色」

本文DTP　アルファヴィル・デザイン

凡例

＊本書では、古典文学、史料から引用した原文は〃　〃で囲んであります。
＊〃　〃内のルビは旧仮名遣いで表記してあります。
＊引用した原文は本によって読み下し文や振り仮名の異なる場合がありますが、巻末にあげた参考原典にもとづいています。ただし読みやすさを優先して句読点や「　」を補ったり、片仮名を平仮名に、平仮名を漢字に、旧字体を新字体に、変えたものもあります。
＊古代・中世の女性名は正確な読み方が不明なものが大半なので、基本的に振り仮名はつけていません。
＊引用文献の趣意を生かすため、やむを得ず差別的な表現を一部使用している場合があります。
＊とくに断りのない限り、現代語訳は筆者によるものです。
＊系図は参考資料をもとに筆者が作製しています。
＊年齢は数え年で記載しています。

第一章

女目線の性の世界

BL抜きには語れない古代文学

1

『源氏物語』はBLだった

今だからこそ分かる『源氏物語』の正体

『源氏物語』には、主人公の源氏に対して、男が、

〝女にて見ばや〟（「紅葉賀《もみじのが》」巻）

と感じるシーンがあります。

直訳すれば「源氏を女にして見てみたいものだなぁ」といった意味ですが、貴婦人が親兄弟や夫以外の男には姿を見せなかった当時、男が女を「見る」というのは「セックス」それも「結婚前提でのセックス」を暗示しています。

つまりこれは、源氏の姿を見た「男」が、「この君を女にして抱きたい」あるいは「自分が女になって源氏に抱かれたい」と思っている場面なのです。

「男」とはこの場合、兵部卿宮《ひようぶきようのみや》で、源氏の継母にして密通相手の藤壺《ふじつぼ》の兄です。

源氏が拉致同然にさらって妻にしていた（といってもこの時はまだセックスなし）紫《むらさき》の上《うえ》の父でもあります。

一方の源氏も、兵部卿宮の艶《つや》っぽくて優美な姿を、

〝女にて見むはをかしかりぬべく〟

と内心思っている。

「この宮を女にしてヤレたらさぞ面白いだろうなぁ」

と感じているのです。

男同士が、互いに互いを「女にしてみたい」「女として逢ってみたらさぞ面白いだろう」と思っているわけです。

何なんだこの表現は……というんで、このくだりは、日本では性の境があいまいだったとか、一種の男色ではないかとか、平安時代の美意識は女性美に力点を置いていたからこんな表現が生まれたとか（これが通説です）、色んな説明がされてきたのですが……。

これって「BL」なのではないか？

見てきたように、〝女にて見ばや〟には「相手を女にして逢いたい」「自分が女になって逢いたい」という二つの解釈があって、こうしたことばが生まれた背景としては、一般的には女性美を良しとする平安貴族の価値観が指摘されています。「源氏の君は、男として見るよりも、女として見たほうが魅力的だよね」というわけで、藤壺の兄の兵部卿宮もそうした美しさの持ち主であると言いたいのかもですが、それだと〝見ばや〟とか〝見む〟という語の持つセクシャルな意味が今ひとつ活《い》きない。

しかしこれを、女目線で男同士の関係性を楽しむ「ＢＬ」――ボーイズラブという切り口で説明すると、一気に「分かる」感が増してくるのです。

自分が女になってつき合いたい、あるいは相手を女にしてつき合いたい……と、男同士が思っている。

それは、男同士が男の姿のまま愛し合う同性愛や、少年愛を楽しむ男色とは少し違う。

むしろ、男同士に「妄想の恋愛関係」を設定するＢＬに近いのではないか。

しかも『源氏物語』以来、物語の読者は男にも広がったとはいえ、そもそも当時の物語は女・子どもの慰《なぐさ》み物――高度成長期あたりの漫画のようなもので、読者の圧倒的多数は女子でした。これまた受容層の主体が女子であるBLそっくりです。

女を介して結びつく男二人

源氏をエロ目線、恋愛目線で見る『源氏物語』の男は、舅《しゆうと》の兵部卿宮のほか、親友で義兄の頭中将《とうのちゆうじよう》がいて、さらに異母兄の朱雀院《すざくいん》までもが、

「自分が女だったら、同じきょうだいでも絶対自分から近づいて睦《むつ》み合っていたね」

(〝我、女ならば、同じはらからなりとも、必ず睦び寄りなまし〟)

などと言っている(「若菜上《わかな》」巻)。

こんなふうに源氏の周囲の男たちが源氏をエロい目で見ていた一方、女で積極的に欲望を見せるのは、源氏より四十歳近く年上のエロばばあ(でもインテリ・キャリア官僚)として笑われ役を与えられている源典侍《げんのないしのすけ》くらいなものです。

しかしそれは、男尊女卑の強い中国の古典を幼いころから読みこなしていた紫式部の価値観として、貴婦人は積極的に男に欲情するものではない、という道徳観があったからだろう……とも思うのです。しかし、そうだとしても、男たちがこんなにもあからさまに源氏に対する欲望を見せる設定であることに改めて驚きます。

しかも『源氏物語』のメインの男たちというのは、世代順に、

1 源氏——頭中将
2 夕霧《ゆうぎり》——柏木《かしわぎ》
3 薫《かおる》——匂宮《におうみや》

と、バディものよろしく、必ずペアで出てくるのです。バディというのは相棒・兄弟の意で、『東海道中膝栗毛《とうかいどうちゆうひざくりげ》』の弥次《やじ》さん喜多《きた》さんや、シャーロック・ホームズとワトソンのように、しばしば対照的な男二人が繰り広げる物語をバディものといいます。同性愛に厳しかったかつてのアメリカでは、オープンに男同士の友愛を示せる貴重なジャンルとして映画・ドラマ界で流行《はや》ったという歴史があります。

そんなバディものにも似た『源氏物語』のコンビは、親友でもありライバルでもある。『源氏物語』では、こういう関係性は、女の主要人物にはありません。藤壺とライバルの弘徽殿大后《こきでんのおおぎさき》が交流するということはないんです。唯一、源氏の妻の紫の上と、同じく妻の明石の君《あかしのきみ》とは良きライバルだったのですが、身分の低い明石の君の生んだ

明石の姫君を、源氏が高貴な紫の上に育てさせ、姫君が無事、東宮《とうぐう》に入内《じゅだい》するあかつきには、二人に友情のようなものが芽生えるシーンがあります。しかし男同士のように気軽に交流するということはありません。人前に姿を見せないのが当時の貴婦人ですから、女同士、仲良くダイレクトにつき合えるとしたら、それは貴族でも人に仕える女房や、下層階級の女たちです。そして『源氏物語』ではそういう女たちは主要人物にはならないのです。

上流階級の「友達づきあい」を描くとしたら、必然的に男同士になってしまうわけですが、先の三世代の男たちに共通するのは、すべてのケースで、同じ女を巡って争っている、もしくは争う風でいながら男の友情を深めているかのように見えることです（3の薫と匂宮の場合、その友情はかなり表面的なものになりますが……）。

若い世代から順に説明すると、3の薫と匂宮の場合、まず薫が浮舟《うきふね》を愛人にして、匂宮があとから薫を装って浮舟を犯す。

2の夕霧と柏木の場合、柏木の正妻の落葉《おちば》の宮《みや》が、柏木死後、夕霧に口説かれて妻の一人になっている。

そして1の源氏と頭中将の場合は、源氏が源典侍というスケベな老女と興味本位で寝て、それを知った頭中将も典侍と寝る。このケースが最もBLっぽいんですが、頭中将は、源氏のあとをつけて、典侍と寝ている現場に乗り込んで、他人のふりをして太刀《たち》で脅すんです。これまでも男が鉢合わせることが何度かあって、こういうことに馴れていたエロばばあという設定の典侍もさすがにおろおろしているうちに、源氏は相手が頭中将と気づき、頭中将は源氏の端袖《はたそで》（直衣《のうし》などの袖を長くするために付け足した袖）を取り、源氏は頭中将の帯を取って、お互いよれよれの姿になりながら、典侍を残して仲良く去って行く……。

翌日、宮中で顔を合わせた二人は、昨夜のことなどなかったように真面目くさった相手の姿に、

「互いに自然とにっこりしてしまう」（〝かたみにほほ笑まる〟）

という仲良しぶり。

女を介して男二人がいちゃいちゃしているんです。

それも両方高貴なイケメン。

そんな二人が袖を引っ張り合ったり、顔を見合わせにっこりしたりする。

と、書いているだけで、当時の女子が萌え騒ぐ姿が目に浮かびます。

これってBLそのものじゃないですか？

『源氏物語』ではなぜ男がいちゃつくのか

なぜ『源氏物語』にはこんなシーンがあるのか。

なぜ紫式部はこんな設定にしたのか。

男女の性的いちゃつきは書きたくないという紫式部の道徳観や価値観というのもあるでしょう。また、当時の貴婦人がめったなことでは人前に姿を見せないという時代背景もあって、自由に行動できる男のほうが動かしやすいということも大きいでしょう。これは現代の少女漫画も似たようなものらしく、萩尾望都《はぎおもと》は『11月のギムナジウム』を描いた時、改めて女子の窮屈さに気づいたといいます。

「女子校、男子校のバージョンを考えたせいか、女の子の窮屈さに気がついてしまいました。その窮屈さは『女はこうすべきだ』という社会規範です。いわば文化です。女の子は行動する時、いちいち言い訳がいるし、同級生や周囲の評価にさらされる。比べて描くまで知らなかった。これほど社会の抑圧を受けているのか」（『一度きりの大泉の話』）

と。そして、

「少年愛というのはわからないけど、少年だったら、女の子より、社会の制約を受けずに自由に動かせるかもしれない」

と思ったのだそうです。

紫式部も、似たような感覚だったのではないか。

平安中期の女の地位は江戸時代などと比較するとかなり高い。男が女の家に通う「婿取り婚」が基本で、新婚家庭の経済は妻方が負担していた当時、女の財産権は強く、場合によっては男以上の資産を受け継ぎ、結婚しても夫とは別の財産権が認められていました。宮中には内侍司《ないしのつかさ》という女ばかりの組織もあって、天皇のことばを聞いて外部に伝えるという重要な役割を担っていたため、宮仕え女房に取り入る貴族も多かったのです。けれど繰り返すように、貴婦人は人前に姿を見せないのが基本です。とくに夫や親兄弟以外の男には姿を見せなかった当時、働く女たちは男を含む多くの人たちに顔を見られるために、非難がましい視線を向けられることもあったのです。清少納言《せいしようなごん》が『枕草子《まくらのそうし》』で、

「宮仕えする人を軽薄で悪いことのように言ったり思ったりする男はほんとにむかつ

く」（〝宮仕へする人を、あはあはしうわるき事に言ひ思ひたる男などこそ、いとにくけれ〟）（「生ひさきなく、まめやかに」段）
と、言わざるを得ない状況があったのです。

そんなわけで、登場人物を自由に動かすには男だと紫式部も思ったのでしょう。

そして、萩尾望都が「男の子同士のなにがいいのか、わからない」「少年愛というのはわからない」と言いつつも、男子校を舞台に少年同士の絡《から》みを描いたように、紫式部も男同士の関係性に乗せて、ライバル心や友情、嫉妬、恋心といった多彩な感情を描いたのではないか。

それにも増して、少女漫画がそうであるように、当時の物語の読者の主体が女だったから、「綺麗な男を主人公にして、女だけでなく、男とも絡ませたらウケるに違いない！」と考えたのではないか（あとで触れるように、紫式部は『源氏物語』の「螢《ほたる》」巻で、人にウケるためには、ありそうにないほどの悪事も描く等の物語論を源氏に展開させた人ですからね！）。

今の「腐女子」とまではいかなくても、萩尾望都の作品はもとより、竹宮恵子《たけみやけいこ》の『風と木の詩《うた》』、山岸凉子《やまぎしりようこ》の『日出処《ひいづるところ》の天子《てんし》』等々に夢中になっていた若かりし日の私のようなオタク的女子をターゲットにしていたからではないか。

読者は腐女子

紫式部は『紫式部日記』で、一条《いちじょう》天皇という至高の身分の男、藤原道長《ふじわらのみちなが》という最高権力者、藤原公任《きんとう》という当代一の文化人……この三人の男性オピニオンリーダーたちが『源氏物語』を読んでいたことをアピールしています。

それはしかし、低かった物語の地位の底上げをはかるための作戦であって、読者の圧倒的多数は女子でした。

その一人が『源氏物語』が成立したとされる一〇〇八年に生まれた菅原孝標女《すがわらのたかすえのむすめ》です。

『更級日記《さらしなにっき》』の作者である彼女が十四歳のころ、〝をば〟から『源氏物語』全巻を箱に入ったまま、他の物語と一緒に一袋もらった時の嬉しさを綴《つづ》ったくだりは今の腐女子さながらです。読みたくてたまらなかった『源氏物語』を、たった一人で几帳《きちょう》の内に寝転がって、箱から一冊ずつ取り出して読む心地、その幸福感に比べれば、

「后《きさき》の位もなんてことない」(〝后の位も何にかはせむ〟)

とばかり、昼は日暮れまで、夜は目が覚めている限り、灯を近くにともして、ただひたすら読むこと以外、何もしなかったので、

「しぜんと文章を暗記して、そらで浮かんでくる」（〝おのづからなどは、そらにおぼえ浮かぶ〟）オタクですよね。しかも物語のことばかり考えていた彼女は、

「私は今はブスだけど、年ごろになれば、容姿も限りなく良くなって、髪も凄く長くなるだろう。光源氏の愛した夕顔《ゆうがお》や、宇治で薫大将が囲った浮舟の女君のようになるだろう」（〝われはこのごろわろきぞかし、さかりにならば、かたちもかぎりなくよく、髪もいみじく長くなりなむ。光の源氏の夕顔、宇治の大将の浮舟の女君のやうにこそあらめ〟）とも考えていた。腐女子にありがちな「妄想」です。五十二歳になって『更級日記』をまとめた彼女は、そんな自分を、

「まずもう浅はかで呆《あき》れるわ」（〝まづいとはかなくあさまし〟）と振り返っているんですが……それにしては、往時を生き生きと懐かしく描いているところからすると、これまた腐女子にありがちな「自虐」であろう。

そんなふうに思うわけです。

優れた古典文学は予言する

常々私は、優れた古典文学は予言書でもあると思っていて、そう言ったり書いたり

しているんですが、今こそ『源氏物語』の正体の一端が腑に落ちた、と思いました。

『源氏物語』は一種のBL小説だったのです。

と、こんなことを言うと、そんなはずない、千年前にBLはないだろう、昔のことを現代の価値観に当てはめるのは間違っている、と反論する人が必ずいます。

けれど、セクハラということばのない時代にセクハラがなかったわけではないし、毒親ということばのない時代、毒親がいなかったわけではありません。『紫式部日記』にも、酔った道長に「歌を詠めば許してやる」と絡まれて閉口する様が描かれていますし、下の子ばかり可愛がった果てに、上の子である徳川家光《とくがわいえみつ》を十代で自殺未遂に追い込んだ両親の秀忠《ひでただ》と浅井江《あざいごう》は今で言う毒親です。

逆に言うと、セクハラや毒親という概念が発見され、ことばもできた今だからこそ、「あれはセクハラだった」「毒親だった」と合点がいき、「セクハラはやめよう」「毒親になるまい」という意識が働いて、むしろそれらは減っていく。児童虐待が数字上は増えているように見えるのは、かつては認識されていなかった虐待が虐待として報告されるようになってきたからです。

このように、古典文学には、未来のある時点に至ると「分かる」というようなことが描かれているのも特徴で、一種、未来へのメッセージが込められている。そのように、時空を超えた人間の真実に迫るからこそ、何百年、千年と残る古典文学たり得ているとも言えるわけです。

『源氏物語』のBLも同じではないか。

紫式部は、「螢」巻で、主人公の源氏のセリフとして、

「物語に書かれたことと比べれば『日本書紀《にほんしょき》』などはほんの一面に過ぎないんだよね」（〝日本紀《にほんぎ》などはただかたそばぞかし〟）

「良いふうに言うためには良いことばかり選びだし、人にウケるためにはまた、ありそうにないほど悪いことを書きつらねる。それも皆それぞれに、この世の現実の出来事と無縁なことではないんだよ」（〝よきさまに言ふとては、よき事のかぎり選《え》り出でて、人に従はむとては、またあしきさまのめづらしき事をとり集めたる、みなかたがたにつけたるこの世の外の事ならずかし〟）

という有名な物語論を展開したほどの人ですから、圧倒的多数を占める女性読者を喜ばせるために、今でいうBL的な概念を発見していたとしても不思議はありません。

ちなみに『源氏物語』で、昔から多くの人が男色と認めているのが、人妻空蟬《うつせみ》の弟の小君《こぎみ》と源氏の関係です。

空蟬と容易に会えない夜、源氏は小君を抱いて、その細く小さいカラダやさほど長くない髪に触れ、「あの人に似ている」と心打たれています。格下の年少者を対象にしているところと言い、確かに伝統的な男色そのものです。ただ源氏には、自分のセックス相手の親族に欲望を感じるという「関係性萌え」的な性癖があって、愛人の藤壺の兄で、のちに妻となる紫の上の父の兵部卿宮に対しても、〝女にて見む〟と思っていたものです。兵部卿宮は年長の上、身分も高いのでその欲望を叶えることはできませんでしたが、格下の小君に対する言動は、ＢＬ的な「関係性萌え」を地で行く行動が取れたのではないでしょうか。

ＢＬと男色と少年愛と男性同性愛

こんなふうに、昔も今でいうＢＬ的なものはあったと思うわけですが、一方で、昔は男色というのがあって、これは今の男性同性愛（ゲイ）と必ずしもイコールではありませんでした。

ではどこが違うのか。この本ではどのように分類するのか。ここでちょっと説明すると……。

まず男色は男同士の性愛、それも少年相手の性愛を意味し、古典文学においてはもちろん、実在の人物も行なっていた歴史用語です。が、今のBLは、男性同性愛とも男色とも微妙に違うところがある。ひと言でいうと、BLが主として女目線で成り立つのに対し、男色は男目線、男性本位の用語です。とりわけ江戸時代には、男色と、女を性愛対象とする女色が並び称せられ、男色派・女色派の論争を描いた『田夫物語《でんぷものがたり》』という仮名草子も書かれています。

共に男から見た性の形で、男色を嗜《たしな》みながら女色も……という類いもままあって、女も好きだが男も好きという「両性愛」が多数派でした。男色の中には今の男性同性愛も含まれるものの、女色が禁じられている宗教界で、女色の代わりとして行なわれていた側面も大きいのです。

しかも僧侶が稚児《ちご》を寵愛《ちょうあい》する（犯す）ことが常習となっていた仏教界はもちろん、一般人の場合でも、「年長者と年少者」という組み合わせがメインで、恋愛関係よりは身分や年齢による力関係で結ばれる要素が強かった。江戸時代、男色専門の風俗店で売られているのは少年で、そうした店は「子供屋」の一名もあったほどです。
このように、かつての男色は「少年愛」とも言える要素が大きく、少年児童への「性的虐待」の一面もあったという指摘もあります（乃至《ないし》政彦《まさひこ》『戦国武将と男色――知られざる「武家衆道」の盛衰史』）。

対等の男同士が愛し合うという現代人が想像しがちな男性同性愛は、男色の中の一握りだったのです（本書では、時に「ガチ男色」と呼びます）。

つまり男色には、宗教上の理由での女色の代替、両性愛の一つとしての男色、少年愛、男性同性愛の四つが含まれていた。そしてこの四つは別々というわけではなく、重なり合って男色を形成していたのです。

一方、ＢＬは、昔はなかったことばですから、あくまで今の価値観で判断・認定するわけです。

その中にはいわゆる男色も含まれるものの、『源氏物語』の源氏と頭中将のじゃれ合いのように男色とも見なされない、しかし男同士のあいだで恋愛に似た関係が生じていると思えるシチュエーションが含まれます。今のＢＬは少女漫画の世界から生まれたことばですが、昔のＢＬも『源氏物語』のような物語世界がメインと思われます。また現実でも、同性もしくは婆と若者など、実際には性愛関係にない者同士が恋歌の贈答をするなど、疑似恋愛の世界を作るという和歌の伝統があり、これについてはあとでじっくり紹介します。男色が男目線であるのに対し、BLは『源氏物語』のように女のエロ目線でとらえている（例外もありますが）というのも特徴です。

　男色や、ことにBLの解釈については、人によって違いはあろうと思いますが、本書の考える違いは以上のような趣《おもむき》です。図に書くと下のような感じ（ざっくりですが）。

　そんなわけで、日本の歴史や文学がいかに昔からBLにまみれていたか、見ていくことにしましょう。

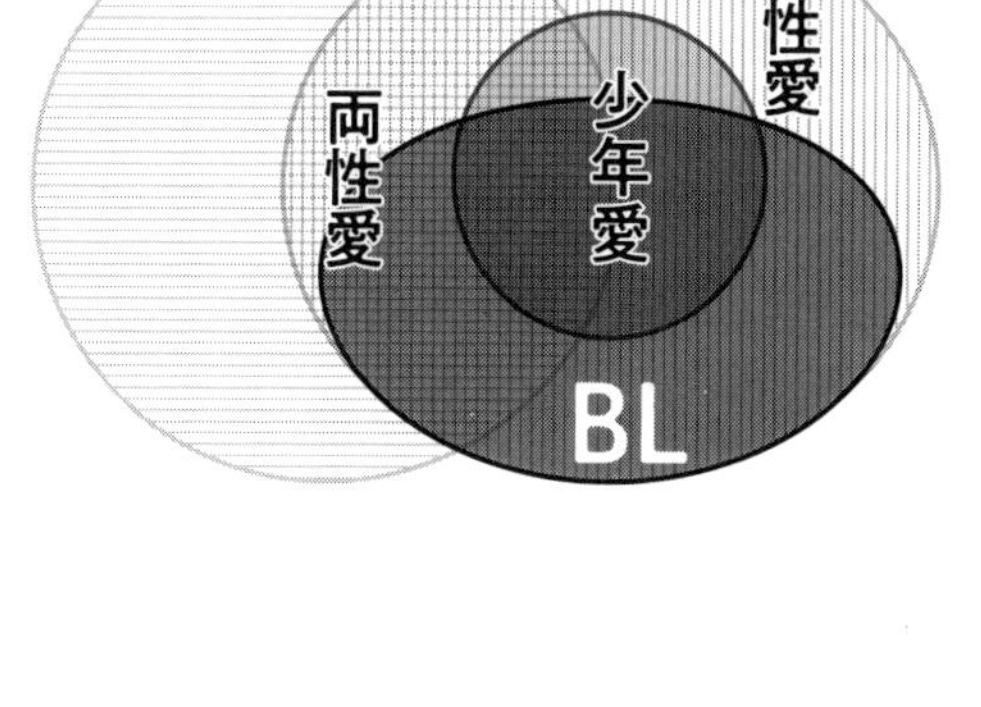

2

元祖国作りの神は夫婦ではなく男同士

日本神話に男色はあるのか

日本の古典や歴史を見ると、男色天国、BL天国といった感じがするのですが、実は、日本神話にははっきりとした男色は存在しません。

『日本書紀』に記される〝阿豆那比《あづなひ》の罪〟（神功皇后摂政《じんぐうこうごうせっしょう》元年二月条）というのが「男色の罪」の意と言われる程度です。これはこんな文脈で出てくることばです。

神功皇后が紀伊国《きのくに》に入り、継子のオシクマノミコを攻撃しようと小竹宮《しののみや》に移った、その時、昼でも暗いという異常気象が何日も続いた。皇后が紀伊国造《きのくにのみやつこ》である紀直《きのあたい》の先祖に、

「この奇怪な現象は何が原因だ」

と尋ねると、一人の翁《おきな》が、

「伝え聞くところでは、こういう奇怪な現象は〝阿豆那比の罪〟というのだそうです」

と申したので、

「どんな意味か」

と問うたところ、

「二つの社《やしろ》の神職を合葬されたのではないですか」

と翁が言った。それで村里に問い合わせたところ一人の者が、

「小竹の神職と、天野《あまの》の神職が互いに仲が良かったが（〝善友〟）、小竹の神職が病死してしまった。天野の神職は激しく泣いて、『私は生前、彼と良い友だった。なんで死後も墓穴を同じくしないことがあろうか』と言って、そのまま遺体の傍《かたわ》らに伏して自死した。それで合葬しました。このことでしょうか」

と申した。確認すると事実だったので、別々に葬ったところ、すぐに太陽の光が戻ったといいます。

この話から果たして男色の罪という解釈を導き出していいものか……。「別の社の神職を合葬する罪」と取れるように私には思えるのですが、いかがでしょう。

元祖国作りの神はＢＬコンビ

いずれにしても日本神話には、後世のように明確な男同士の性愛は描かれていません。

その代わり……と言うのも妙ですが、男装した女と男（弟）との子作り、女装して美少女となった少年への男二人による愛撫、男同士のじゃれ合い……といったＢＬ的な萌え要素がすべてある。

そもそも最古の国作りの神、オホナムチ（大国主神《おおくにぬしのかみ》）とスクナビコナの男二人のコンビはバディものの元祖と言っていい。

え？　国作りの神ってイザナキとイザナミという夫婦神じゃないの？　と思うかもですが、実は『古事記《こじき》』『日本書紀』には国作りの物語が二つあるんです。

一つ目はご存知、イザナキ・イザナミの夫婦神のセックスによって〝国を修理《つくろ》ひ固め成〟すという神話。普通ならこれだけで良さそうなのに、神話はさらに〝国を作り堅め〟た神として、オホナムチとスクナビコナという男同士を登場させます。

このどちらが古態を残しているかというと男同士の国作りなんです。西條勉《さいじょうつとむ》によれば、イザナキ・イザナミを主人公とする国生み神話は「新しい物語」で、「伝承的な来歴をまったくもたない」、官製の『古事記』『日本書紀』のために新たに作られた話でした（『古事記』神話の謎を解く――かくされた裏面』）。

一方、オホナムチ・スクナビコナの国作りは、各地に伝承がある上、諸国が編纂《へんさん》した土地の報告書である『風土記《ふどき》』や、日本最古の和歌集『万葉集』にも語られています。こちらのほうが日本に古くからあった話なのです。それが天皇家が国を治めることになると、その正統性を主張するために、そもそもこの国は自分たちの先祖が作ったという話が欲しくなった。それで、先祖＝夫婦神の国生み神話が作られた。しかし当時あまりにも有名なオホナムチとスクナビコナの神話も無視できずに、国作りの神が二ペア出てくることになったわけです。

これはアデイというお店のサイトで連載していた「変態の日本史」でも書いたことなのですが、この二人が弥次喜多道中よろしく諸国を旅して稲種を置いたり、時には喧嘩や悪ふざけもしたりと、まさにバディものなのです。

ある時などは、「〝埴《はに》〟（赤土）を担いで遠くに行くのと、〝屎《くそ》〟をしないで遠くに行くのと、どっちが我慢できるか」と言い争いになって、大きなオホナムチがうんこを我慢し、小さなスクナビコナが重たい土を担ぐという絵柄的にも滑稽な事態になります。結果、オホナムチが「もう我慢できない」とうんこを漏らした。その時、小竹がうんこを弾いて着物に当たったので、そこは〝波自加《はじか》の村〟と名づけられます（『播《はり》磨国《まのくに》風土記』）。

またある時は、スクナビコナが仮死状態になって、それを見たオホナムチは悔やんで恥じ（〝見悔恥而〟）、蘇生させようとして今の別府《べっぷ》温泉の湯を伊予《いよ》まで引いて、スクナビコナを浸《ひた》した。するとスクナビコナは生き返り、何事もなかったように「ずいぶん寝ちまった」と言って、元気よく地面を踏んだ。その跡が今も残っているといいます（『伊予国風土記』逸文）。

このくだり、原文は漢文なのですが、本によっては真逆の読みになっており、オホナムチが後悔するほどはずかしめられて（〝見悔恥而〟）失神した。それをスクナビコナが蘇生させようと、オホナムチを温泉につからせたところ、蘇ったオホナムチが踏みつけた跡が今も残っているという解釈もあります。

小さいスクナビコナの踏みつけた跡が残るというのもおかしな話ですし、『古事記』『日本書紀』にはオホナムチの蘇生譚が見られます。色々考え合わせると、後者の解釈のほうが理に適《かな》っているのは確かでしょう。

ただ、後悔するほどはずかしめられて……とはどういうことなのか分かりにくいし、といって、前者のようにスクナビコナが仮死状態になる理由もまるで説明がないので、すべては闇の中なのです。

が、『日本書紀』によると、オホナムチとスクナビコナが出会った時、オホナムチは小さなスクナビコナを手のひらで〝翫《もてあそ》〟んだため、スクナビコナに頬を嚙まれたとあります。そんなふうに翫んでいるうちに、スクナビコナは仮死状態に陥ったのかもしれない。

他のバディものがそうであるように、温泉に浸すとか、手のひらで翫ぶとか、そこにはほんのり同性愛の香りも漂っている……。

イザナキ・イザナミという夫婦神のセックスでの国作り神話の前に、男同士の国作りの物語があったというのは、古代日本を考える上で、また今も根強いバディものの人気を考える上で、興味深いものがあります。

3

男装の姉と弟の子作りを描く『古事記』『日本書紀』

美しくもヤバい子作り

『古事記』『日本書紀』で私が最も惹きつけられるシーンは、男装のアマテラスと弟のスサノヲの子作りの様を描いた箇所です。

と、書くだに、あらゆる意味でヤバい感じがします。

以下、『古事記』に沿って説明すると……スサノヲは、黄泉国《よみのくに》の母イザナミを慕《した》って泣いてばかりで、命じられた海原を治めないために、父イザナキに追放を命じられます。そこで姉のアマテラスに暇《いとま》乞いをしに高天原《たかまのはら》（神々の住む世界。アマテラスが主宰する。よみ方は「たかあまのはら」説もあり）に向かったところ、「我が国を奪いに来たのか」と恐れた姉は、髪を、男の髪型である〝みづら〟に結い直し、左右のみずらと鬘《かずら》、左右の手には、それぞれ大きな勾玉《まがたま》をたくさんつないだ玉飾りを付け、鎧《よろい》の背には千の矢が入った矢入れを背負い、胸には五百本入りの矢入れを装着、強靭な防具を身につけ、弓の内側を振り立てて、堅い地面を股が埋まるほど踏み込んで、迎え撃ちます。

男装した上、武装したわけで、今でいうなら、防弾着に連射銃、銃弾を体中に巻く……というターミネーター張りの重装備で、威嚇している感じでしょうか。

「何のためにのぼって来た」

「よこしまな気持ちはありません」

「ならば、お前の潔白はどう証明する？」

姉とのそんな問答の末、スサノヲはこう提案します。

「互いに〝うけひ〟をして子を生もう！」

〝うけひ〟とは「神意を伺うための呪術的な行為」（三浦佑之《みうらすけゆき》『口語訳　古事記［完全版］』）で、あらかじめ条件を立ててから、神意を仰ぎ、事を判断する占いのことです。

ところが二人は前提となる条件を決めぬまま、さっそく子作りを始めます。

その子作りが、これ以上はないほど幻想的で美しいのです。

それぞれ天《あめ》の安《やす》の河《かわ》をあいだに挟んで向かい合って、まずアマテラスがスサノヲの腰に佩《は》く十拳《とつか》の剣《つるぎ》を乞い受けて、三段に打ち折り、玉音もゆらゆらと天の聖なる井戸で振りすすぎ、嚙みに嚙んで吹き出した息吹の霧の中に、三柱の女神が生まれる。

次に、スサノヲがアマテラスの左のみずらに巻いた大きな勾玉の玉飾りを乞い受け、同じように玉音もゆらゆらと天の聖なる井戸で清めた上で、嚙みに嚙んで吹き出した息吹の霧の中に男神が生まれた。さらにアマテラスが右のみずらに巻いた玉飾り、鬘に巻いた玉、左手に巻いた玉、右手に巻いた玉も、それぞれ乞い受け、そのたびに同じようにすると、それぞれの息吹の霧から男神が生まれ、合計五柱の男神が生まれる……。

互いの持ち物を交換し、それをもとに子を生むという、体外受精のような出産行為であるわけですが、二人が装飾品を一つずつ外していく様は、愛し合う男女がネクタイやピアスを外して性行為の準備段階に入るかのよう。玉がゆらゆらと音を立てるのも揺れ動く二人の営みを伝えるかのようでエロティックです。

アマテラスがスサノヲからもらい受けた剣と、スサノヲがアマテラスからもらい受けた玉は、それぞれ男性器と女性器を表すでしょう。相手の剣もしくは玉を、それぞれ乞い受けて嚙みに嚙み、生まれる命……禁断の姉弟婚というだけでなく、セックス全般ということから見ても、これ以上、優美に幻想的に描いたシーンはないのではないか。

しかも繰り返すように、この時、姉は男装かつ武装している。

見た目上は、男同士の性愛行為と言えます。

〝うけひ〟の前提条件が決められていなかったため、このあと、スサノヲが勝手に勝利宣言し、アマテラスの食殿にクソをしたり、聖なる機屋《はた》に逆剥《さかは》ぎにした馬を投げ入れて、驚いた機織女《はたおりめ》が機織道具で女性器をついて死んでしまい、アマテラスは天の岩屋にこもってしまうという悲劇が待っているわけですが……。

アマテラスとスサノヲの姉弟婚を、男同士の体外受精のように描くこのシーンは、古代人の妄想力というか、一種、ＢＬ趣味のようなものを浮き彫りにしているように思います。

優れた神は女の「生む力」も具有する

ちなみに日本神話では男も子を生みます。

アマテラスと幻想的な子作りをしたスサノヲもそうですが、二人の父のイザナキは、死んだ妻イザナミを黄泉国に追った帰り、穢《けが》れを清めた道具や目鼻から多くの神を生み出しています。

最後にイザナキが左目を洗った時に生まれたのがアマテラス、鼻を洗った時に生まれたのがスサノヲです。

偉大な神は、女の「生む力」も具有しているというわけです。

ついでにいうと、子を生む男神は日本神話以外にも登場します。たとえば北欧神話の『エッダ』には、「男のくせに子供を生んだ神がここに来ているのは、ちと解《げ》せないぞ」（松谷健二訳『エッダ／グレティルのサガ　中世文学集Ⅲ』）というセリフがあります。

4

女装美少年ヤマトタケルのBL的国土平定

両性具有してこそ最強

アマテラスが男装したのは、男の装いをすることで、女の身ながら男の力をも取り込む。それによって、男女両性のパワーを備えた最強の存在になるためでしょう。

というのも日本神話にはその逆バージョン、男が女装して敵を倒す、つまりは男の身で女の力をも取り込んで最強の存在となった人物が登場するからです。

彼の名はヲウスノ命《みこと》。のちに敵によってヤマトタケルと名づけられる伝説的な英雄です。

『古事記』によれば、景行《けいこう》天皇の皇子であるヲウスにはオホウスという兄がいました。

このオホウスが、父天皇の召し上げようとした美女二人を横取りした上、天皇には別の女をあてがって、宮廷での朝夕の食卓にもつかなくなります。そこで天皇はヲウ

スに、

「どうしてお前の兄は朝夕の食卓にも参らぬのだ。お前がねんごろに教え諭《さと》せ」

と命じます。

ところが五日経ってもなおオホウスが参内しないので、天皇がヲウスに、

「どうしてお前の兄は長いこと参らぬのだ。まだ教えていないのか」

と問うたところ、

「もうねんごろに諭しました」

と答えます。

「どうやって諭したのだ」

さらに問うと、

「朝方、兄が厠《かわや》に入った時に待ち受けてつかまえて、手足をもぎ取って、薦《こも》に包んで投げ棄てました」

と言うではありませんか。

天皇はヲウスの猛々しく荒々しい性格に恐れをなして、

「西方にクマソタケルが二人いる。服従しないで無礼な奴らだから討ち取れ」

と命じて派遣したのでした。

要は厄介払いです。

この時、ヲウスは、オバのヤマトヒメノ命の衣装をもらい、剣を懐《ふところ》に入れ、クマソタケルのもとに出かけます。

そして、クマソタケルの〝室《むろ》〟（屋敷の奥に作られた頑丈な建物）の新築祝いの宴の日、髪を童女のように垂らし、オバの服を身につけ、〝童女《をとめ》の姿〟となって、女人の中に混じります。

その姿はよほど美しかったのでしょう。クマソタケルの兄弟二人は、ヲウスを気に入って自分たちのあいだに座らせ、遊びます。宴たけなわになったところで、ヲウスは懐から剣を出し、クマソのえり首をつかんで胸から刺し通し、逃げる弟（オトタケル）を追いつめて、剣を尻から刺し通しました。するとオトタケルは、

「その大刀を動かさないでくれ。申し上げたいことがある」

と、ヲウスの名と素性を問うて、しかるのちこう告げたのです。

「西方には我ら二人以外に建《たけ》く強い者はいない。けれど大倭《おおやまとのくに》国には我ら二人にも増して建き男がいらした。だから私はあなたに御名《みな》を差し上げる。今後は〝倭建御《やまとたけるのみ》

子《こ》〟と名乗られるが良い」（『古事記』中巻）

オトタケルがそう言い終わるや否や、ヤマトタケルノ命となったヲウスは、〝熟瓜《ほそぢ》〟（熟した瓜）でも切り裂くようにオトタケルを殺したのでした。

猛々しい男の力と、男をたらす美少女の力……女装することで、ヤマトタケルは男女両性のパワーを手に入れたのです。アマテラスが男装してスサノヲを迎え撃ったように、古代の日本では、男女両性のパワーがあってこそ最強と考えられていたのでしょう。

ここで思い出すのが「ヒメヒコ制」と呼ばれる古代の政治の形の一つです。卑弥呼《ひみこ》が〝男弟〟の補佐を受けながら（『魏志倭人伝《ぎしわじんでん》』）執政していたように、太古、姉弟や兄妹、オバと甥、オジと姪、場合によっては夫婦などがペアとなって政治を動かすということがしばしば行なわれていました。これも男女両性揃ってこそ最強という思想があったからではないか。推古《すいこ》天皇の執政をオジの蘇我馬子《そがのうまこ》や甥の聖徳太子《しょうとくたいし》が助けたのもその名残と言えるかもしれません。

そういう意味で、ヤマトタケルとオバのヤマトヒメも一つのペアと言えます。ヤマトタケルが出征先でヤマトヒメの衣装を身につけることは、男女両性のパワーを取り入れる、男女がペアになることで最強になるという精神を遠隔地でも発揮するための手段だったのかもしれない。

実際、女装して敵を倒したヤマトタケルは、敵に「大倭国最強」のお墨付きをもらいました。

ヤマトタケルが〝尻〟や〝大刀〟にこだわる理由《わけ》

BL日本史的に気になるのは、ヤマトタケルの戦闘シーンの「絵柄」です。『日本書紀』によれば当時ヤマトタケルは十六歳。満で言えば十五歳の少年。そんな彼が美しい童女の姿で敵を魅了したあげく、女装姿のままに斬り倒す。しかも『古事記』によればオトタケルの尻を剣で貫いて殺しています。『日本書紀』によると、殺す前にヤマトタケルは、クマソの首長（カハカミタケル）に酒を飲まされ〝戯弄《ぎろう》〟されたとありますから、性的行為もあったでしょう。ひょっとしたらその時、ヤマトタケルが少年であるということが発覚したかもしれない。だとしても、美しい彼に魅了され、戯れ続けたでしょう。年少の美少女ならぬ美少年を〝戯弄〟するとは男色寄りの

ＢＬそのものです。ヤマトタケルがオトタケルを殺す時、わざわざ尻を刺し貫いたのは、自分がされたことをそのまま返したのかもしれません。その時、オトタケルが「動かさないで！」と懇願したのも、エロスの香りが漂っています。

　こうしてクマソタケルを殺したヤマトタケルはただちに出雲《いずも》に入り、イヅモタケルと友情を結びます（〝友《うるはしみ》を結びき〟）。その上で、堅くて重いイチイガシで偽の刀を作って身につけて、共に肥河《ひのかわ》で水浴びをする。そして自分がまず河から上がって、

「刀を交換しよう」

と提案、

「さあ刀を合わせよう」

と誘います。水浴びをして刀を合わせるって……と、妄想を働かす余地もなく、ヤマトタケルは、偽の刀をつかまされたイヅモタケルを打ち殺した上、歌を詠みます。

「イヅモタケルが帯びた大刀は、飾りばかり立派で、中身がない。お気の毒様」（〝やつめさす　出雲建が　佩ける大刀《たち》　黒葛多纏《つづらさはま》き　さ身無しにあはれ〟）

　男二人が水浴びをしたあと、刀を合わせたものの、一方が「見かけ倒し！」と吐き捨てる……これまたＢＬ以外の図は思い浮かばないのです。

第二章

王朝文学は
BL的性愛と疑似恋愛の宝庫

5

BL恋歌の元祖　大伴家持と池主

『万葉集』の「恋の見立て」歌

BLを楽しむ「腐」の精神には、

「いろんな人間関係を、ひとまず『恋愛』と解釈してみる」（サンキュータツオ・春日太《かすがた》一《いち》『俺たちのBL論』）

というのがあって、友情を恋にすり替えるのだといいます。

これ、まんま、伝統的な歌の手法です。

老若男女、その組み合わせを問わず、恋愛仕立てで歌を詠む。

最古の歌集『万葉集』にも、この手の「見立て」があって、『万葉集』の編者もしくは詠み手自らが〝戯歌《きか》〟（おふざけの歌）と称する疑似恋愛の歌もあります。

たとえば安倍朝臣虫麻呂《あべのあそんむしまろ》と大伴坂上郎女《おおとものさかのうえのいらつめ》の次の贈答歌、

「どれほど向かい合っていても飽きないあなた。そんなあなたと別れてやっていける気がしない」（〃向かひ居《ゐ》て　見れども飽かぬ　我妹子《わぎもこ》に　立ち離れ行かむ　たづき知らずも〃）（巻第四・六六五）

と虫麻呂が詠めば、

「逢わない時間はさして長くもなかったのに、こんなにも私はあなたを慕い続けている」（〃相見《あひ》ぬは　幾久《いくびさ》さにも　あらなくに　ここだく我《あれ》は　恋ひつつもあるか〃）（巻第四・六六六）

「恋して恋してやっと逢えたのだもの。空にはまだ月があって夜は深いのだから、しばらくこうしていましょう」（〃恋ひ恋ひて　逢ひたるものを　月しあれば　夜《よ》はこもるらむしましはあり待て〃）（巻第四・六六七）

と郎女が詠む。

これ、恋人同士の歌にしか見えませんよね。

けれど左注（本文の左につけられた説明）によると、郎女と虫麻呂の母親同士が同居の姉妹で親しいために、二人も親密に語らうあいだ柄となって、ちょっと〃戯歌〃を作って贈答した、と。要するに、おふざけの恋歌だというのです。

郎女は穂積皇子《ほづみのみこ》に愛されたのち、異母兄と結婚して娘たちを生んでおり、ましていとこ同士の結婚は、当時ポピュラーなものでした。

郎女と虫麻呂が恋人同士だとしても何ら不思議はないわけで、だからこそ、わざわざ〝戯歌〟と断って、いや違うんだ、これは母親同士が同居する親しい二人のおふざけなんだ、と念押しする必要があったのです。子が母方で育つのが基本だった当時、異母きょうだいの結婚がゆるされていたのは、きょうだいが別々に育っていたから。いくらいとこでも母親同士が同居しているということは、同母きょうだい同然です。そして、同母のきょうだいの結婚は基本的にタブーですから、いとこも同居していれば、恋とか結婚は考えにくい。うちら同母きょうだい同然ですから！　恋はありません！　でもおふざけで恋歌作ってみました！　という感じでしょう。

逆に言うと、この左注がなければ、普通にいとこ同士のカップルの恋歌と受け取られる可能性があるから、わざわざ断り書きをしたと言えます。

このように『万葉集』の〝戯歌〟は、基本的に、成立し得るカップルのあいだで歌われていると思われます。

一緒に髪に花を挿そう！……家持と池主のBL的恋歌

ということで、大伴宿禰家持《おおとものすくねやかもち》と、大伴宿禰池主《いけぬし》の贈答歌を見ていきたいのですが……彼らは同族であり、上司と部下の関係でもありました。

そんな彼らもまた〝戯歌〟を詠んでいます。

天平勝宝元《てんぴょうしょうほう》（七四九）年十一月十二日当時、越前国《えちぜんのくに》の三等官であった池主は、越《えっ》中国《ちゅうのくに》の国守《こくしゅ》（長官）家持から贈られた品が、池主の依頼品より上等な上、頼んでいないものまであったので、訴状仕立てで「嬉しいな〜とほくそ笑みながら開けてみたら、目録と違う！　本物を別物と取り替えた罪は軽くありませんよ〜」とふざけてお礼の歌を贈ったのです。これは題詞《だいし》（詩歌の前に書かれた説明）に〝戯《たはぶ》れの歌〟（戯歌）と明記してあっておふざけ歌であることは明らかです（巻第十八・四一二八〜四一三二）。

時に家持三十二歳。池主の年齢は不明ですが、ちょっと年下という感じでしょうか。

二人の贈答歌にはもちろん〝戯歌〟の断り書きのないものもあります。それがこれから紹介する歌の数々です。まず、天平十八（七四六）年には、

「秋の田の稲穂の向きを見がてら、池主くんが折って持って来たオミナエシだね」

（〃秋の田の　穂向き見がてり　我が背子が　ふさ手折《たを》り来《け》る　をみなへしかも〃）（巻第十七・三九四三）

「オミナエシの咲いてる野辺を巡って、家持さまを思い出しながら、遠回りしてやって来ました」（〃をみなへし　咲きたる野辺《のへ》を　行き巡《めぐ》り　君を思ひ出《で》　たもとほり来《き》ぬ〃）（巻第十七・三九四四）

　天平十九（七四七）年春、家持が病気になった時にはこんな贈答歌も。

「うぐいすが鳴き散らす春の花を、いつになったら池主くんと、折って髪に挿せるのか」（〃うぐひすの　鳴き散らすらむ　春の花　いつしか君と　手折りかざさむ〃）（巻第十七・三九六六）

「うぐいすが来て鳴く山吹は、まさか家持さまの手に触れぬまま、散ったりしないでしょう。花の咲いているうちにきっと一緒に髪に挿せますよ！」（〃うぐひすの　来鳴く山吹　うたがたも　君が手触れず　花散らめやも〃）（巻第十七・三九六八）

　男同士で髪に花を挿す……もうこれだけでBL漫画の世界じゃないですか。

　さらに、家持が越中国から帰京するため、当時、越中国の三等官だった池主と別れを惜しんだ贈答歌は、

「池主くんが玉だったらなぁ。ほととぎすの声に混ぜて紐に通して、手に巻いて行こ

う」（〃我が背子は　玉にもがもな　ほととぎす　声にあへ貫き　手に巻きて行《ゆ》かむ〃）（巻第十七・四〇〇七）

「私の恋しい家持さまがなでしこの花だったらなぁ。毎朝見るのに」（〃うら恋《ごひ》し　我《わ》が背の君は　なでしこが　花にもがもな　朝《あさ》な朝《さ》な見む〃）（巻第十七・四〇一〇）

これ、普通に恋歌ですよね。

妻のいる家持が男と恋歌をかわす理由

問題は、これらの歌には〃戯歌〃の断り書きがないことで、ということは、家持と池主はゲイだったのか？　というと、家持には妻も愛人もいる。ということは、女色男色の二色を楽しむ江戸の粋人みたいだったのか？　というと、その証拠もない。

しかも家持は、こうした恋歌仕立ての歌を、他の官僚とも贈答しているのです。

たとえば家持が越中国から帰京する送別会を、四等官の秦忌寸八千島《はだのいみきやちしま》の屋敷で行なった際、家持はこんな歌を詠んでいる。

「八千島くんが玉だったらなぁ。手に巻いて見ながら行くのに。置いて行くから残念だ」（〃我が背子は　玉にもがもな　手に巻きて　見つつ行かむを　置きて行《い》かば惜《を》し〃）（巻第十

七・三九九〇）

同時期、池主へ贈った歌とそっくり。

つまり家持は、恋歌仕立ての贈答歌で部下と別れる名残惜しさを表現していたわけです。

が、池主とのそれは質量共に他を圧倒しています。

さっきのよく似た歌にしても、並べて見ると、池主への歌のほうがずっと心がこもっているのが分かります。

「池主くんが玉だったらなぁ。ほととぎすの声に混ぜて紐に通して、手に巻いて行こう」（〝我が背子は　玉にもがもな　ほととぎす　声にあへ貫き　手に巻きて行かむ〟）

「八千島くんが玉だったらなぁ。手に巻いて見ながら行くのに。置いて行くから残念だ」（〝我が背子は　玉にもがもな　手に巻きて　見つつ行かむを　置きて行かば惜し〟）

同じように相手を「玉だったらなぁ」と歌っていても、八千島くんには「置いて行くから残念だ」と、置いて行く前提で、ちょっと冷たい。一方、池主くんには、「手に巻いて行こう」と、連れて行く気満々です。

ことば遣いも違っている。

同時期、家持が池主に対して詠んだ歌には、〝はしきよし　我が背の君を〟（巻第十七・四〇〇六）なんて一節がある。〝我が背子〟（我が夫）はほかの男にも使っているのに、〝はしきよし〟（愛しい）と〝我が背の君〟（ダーリン）をセットで使った相手は池主くんだけなのです。

対する池主もやはり〝我が背子〟だけでなく、〝我が背の君〟も使っていて、親愛の情はより深いものとなっている。

「ここも池主は戯れて恋の歌に似せてこういったもの。池主はこのように軽い気持で家持と恋歌まがいの贈答をすることが多い」（『日本古典文学全集　萬葉集 四』巻第十七・三九四四注）といった見解もあるものの、二人のあいだにかわされた歌の熱量は間違いなく突出している。

二人に男色関係があったかどうかは不明としか言いようがありませんが、同じBL的な恋歌にしても、かなり本気の情愛と信頼の絆がベースにあったと思うのです。

家持は、相手は不明なものの、〝交遊《とも》（男友達）と別るる歌〟と題してこんな三首も詠んでいます（巻第四・六八〇〜六八二）。

「ひょっとして人の中傷を聞かれたのでしょうか。こんなにも待っているのにあなた

は来ない」（〃けだしくも　人の中言《なかごと》　聞かせかも　ここだく待てど　君が来まさぬ〃）

「いっそ別れるとあなたが言ってくれれば、こんなに息が絶えるほど命がけで私は恋はしないのに」（〃なかなかに　絶ゆとし言はば　かくばかり　息の緒《を》にして　我《あれ》恋ひめやも〃）

「思ってくれる人でもないのに、一生懸命心を尽くして恋する私であることよ」（〃思ふらむ　人にあらなくに　ねもころに　心尽《つ》くして　恋ふる我《あれ》かも〃）

この友が誰かは分かりませんが、ことば遣いから、池主より身分の高い人であるように思います。

空想の歌の世界だけが慰めだった家持

『万葉集』にはこのように、男女はもちろん、男同士の恋歌仕立ての歌が多々見られます。

家持の上司に当たる橘諸兄《たちばなのもろえ》の甥の文成《あやなり》も、天平九（七三七）年の正月のパーティで、「おとといも昨日も今日も見たけれど、明日まで見たく思うあなたよ」（〃一昨日《をとつひ》も昨日《きのふ》も今日《けふ》も　見つれども　明日《あす》さへ見まく　欲《ほ》しき君かも〃）（巻第六・一〇一四）

なんて歌を詠んでいる。

ＢＬということばも概念もない千三百年近い昔、万葉時代の紳士淑女は、恋歌仕立ての贈答歌で社交界を渡っていたのです。

そうした歌を、『万葉集』の編者といわれる家持はふんだんに収録し、自身も詠んで、とくに数十年来の親交のある池主とは、ＢＬ歌の頂点とも言える熱い贈答歌をかわしていた……そこに至った家持の心境や池主への思いを想像すると、なにやら胸に迫るものがあります。

というのも、名門大伴家に生まれた家持は、政争渦巻く奈良王朝で、左遷されたり解任されたりしながら、延暦《えんりやく》四（七八五）年に死んだあとも藤原種継《たねつぐ》暗殺事件の首謀者であるという嫌疑を掛けられ、埋葬も許されず、官位も剝奪されているからです（死後二十年以上経ってから復位）。

池主のほうも、天平勝宝九（七五七）年、橘奈良麻呂《ならまろ》の変に関わって投獄され、獄死したと言われています。池主とあれほど熱い交流をしていた家持はどんなに悲嘆に暮れたことでしょう。

池主は、藤井《ふじい》一二《かずつぐ》によると、家持の父旅人《たびと》の弟田主《たぬし》の庶子といい（『大伴家持――波乱にみちた万葉歌人の生涯』）、この田主は、

「容姿端麗、超絶おしゃれで、見る人聞く者、感嘆しない人はいなかった」（〝容姿佳《か》艶《えん》、風流秀絶、見る人聞く者、嘆息せずといふことなし〟）（『万葉集』巻第二・一二六左注）と記される超絶イケメンでした。その息子であるとしたら、池主もさぞかし美形だったでしょう。家持とのあいだにBL的な何かがあったとしても不思議はありません。

そんな池主をはじめ、多くの同族を政争で失い、自身も罪に問われていた家持……。

〝うらうらに　照れる春日《はるひ》に　ひばり上がり　心悲《こころがな》しも　ひとりし思へば〟（巻第十九・四二九二）

という教科書でもおなじみの、いわば「ぼっち歌」……お天気だからこそ、よけい孤独が際立つという、近代人の悲しみに迫る境地にさえ達していた家持は、この歌の左注でこう述べています。

「痛む心は、歌でなければ紛らわすことはできない」（〝悽惆《せいちう》の意、歌に非ずしては撥《はら》ひ難きのみ〟）

家持にとって、唯一、心の痛みを発散させ、自由に遊べたのが、歌の世界でした。

心の痛みから逃れるための空想の翼が、家持をして、BL歌の頂点にまで達せしめた……そんなふうにも思えるのです。

6

妄想力が支配する王朝の和歌

「歌合」は妄想力が集結する「腐」の遊び

『万葉集』で花開いた恋愛仕立ての歌の伝統は、いささかトーンダウンしながらも、平安時代に受け継がれていきます。たとえば、『小倉百人一首《おぐらひゃくにんいっしゅ》』に採用された祐子内《ゆうしない》親王家紀伊《しんのうけのきい》の歌は、七十歳のころ、四十歳も年下の藤原俊忠《ふじわらのとしただ》（一〇七三～一一二三）を相手に詠まれた恋の贈答歌です。

「人知れずあなたに恋をしています。荒磯の浦風で波が寄る、その波のように、夜になったらあなたに言い寄りたい」（〝人しれぬ思ひありその浦風に波のよるこそ言はまほしけれ〟）

と、俊忠が詠むと、

「噂に高い、高師《たかし》の浜のあだ波じゃないけど、浮気男で知られたあなたの誘いには乗らないよ。あとでつらい目にあって涙で袖が濡れるといけないから」（〝音に聞く高師の浜のあだ波はかけじや袖のぬれもこそすれ〟）（〝高師の浜〟は『金葉和歌集《きんようわかしゆう》』では〝高師の浦〟）

と、紀伊が返歌する。

歌が詠まれた康和《こうわ》四（一一〇二）年閏《うるう》五月当時、俊忠は三十歳。対する紀伊は生没年未詳なものの、この時、七十歳ほどと言われています。

七十の婆が、三十そこそこの貴公子と、ラブレターのやり取りをしているんですよ！と言ってもリアルの恋歌ではなく、堀河院《ほりかわいん》の御時の〝艶書合《けさうぶみあはせ》〟、つまりはラブレター合戦に出詠されたもの（『金葉和歌集』巻第八・四六八〜四六九）。

『万葉集』以来の恋愛仕立てのやり取りがそこで展開されているわけですが、たとえ架空のやり取りだとしても、年の差四十歳のコンビを組ませる発想自体に、平安人の凄さを感じます。老人の性に対する寛容さと、今の腐女子につながる妄想力が、ここにはある。

というか、そもそも「恋」とか「桜」といったお題を設定して、目の前にない光景や状況を歌に詠むこと自体、妄想力を要する作業と言えるわけで、日本の和歌はそれ自体、妄想に富んだ「腐」の要素を前提としている。「歌合《うたあわせ》」はそんな妄想力が集結する「腐」的な遊びと言えるわけです。

BL妄想歌かBLか

平安時代の家集（私家集）や歌集には、BLそのもののような歌のやり取りも少なくありません。

一例が、藤原道信《みちのぶ》と藤原実方《さねかた》の贈答歌です。

この二人は共に『小倉百人一首』に歌が撰ばれる有名歌人で、妻もいますし、それぞれの家集によれば、『小倉百人一首』に採られた恋歌は共に女に向けて詠まれたものです。

が、そんな二人の関係はBLそのもの。

宮中の宿直所で、一緒に横になり（〝もろともにふして〟）、明け方に実方が出て行った時、道信はこんな歌を詠んでいます。

〝妹《いも》と寝ておくるあしたの露よりもなかなかものの思ほゆるかな〟（『新編国歌大観』第三巻所収『道信集』から漢字を補った）

女と寝て別れる朝よりもかえって物思いがつのり、涙の露に濡れるというのです。

共に出かけ、共に遊び、盛んに歌のやりとりをしていた二人ですが、不幸にも道信は二十三歳の若さで死んでしまいます。直後、実方はこんな歌を詠んでいる。

〝見むといひし人ははかなく消えにしをひとり露けき秋の花かな〟（同前所収『実方集』から漢字を補った）

一緒に花を見ようと約束していた道信は死んでしまったのに、秋の花は露に濡れて咲いている。私も涙の露に濡れている……というわけです。

この二人の関係が、果たして男色だったのか、それとも友愛の情を恋愛仕立ての歌にしていただけなのかは判断しかねます。

が、宮中の宿直所で共に寝たり、花を一緒に見ようと約束したり、〝見む〟というセックスや結婚を意味することばが歌に使われていたり、ＢＬ要素の強い二人であることは確かです。

7 一見、BL？　時代を先取り？ ジェンダー退行期の物語？

平安古典に潜むBLの発想

恋愛仕立ての歌を同性同士や婆と若者が詠み合ったり、お題を想定して見てもいない情景やシチュエーションを歌に詠んだり、妄想力が強く要求される日本文化。

〝男もすなる日記《にき》といふものを、女もしてみむとてするなり〟

という有名な出だしで始まる『土佐日記』などは、究極の妄想力から生まれた作品でしょう。

「男がするらしい日記を、女の私もしてみるよ！」

と、宣言しているのは女ではなく、紀貫之という男なんですから、二重三重に性差の壁を突き破っているというか、「精神的女装」ですよね。

日本神話ではアマテラスが男装したり、ヤマトタケルが女装したり、歌の世界でも、男が女の代詠をしたり、女が男の代詠をしたりなんてのはよくあることで、心身共に異性装の壁がゆるい傾向にありました。

これは、キリスト教が、子作り以外の性愛を罪悪視して男女の役割を固定、両性具有的な存在を化け物扱いした過去とは対照的です。

女神や男神だけでなく、アメノミナカヌシノ神とかタカミムスヒノ神とかカムムスヒノ神など、性別不明の神もいる八百万《やおよろず》の神の国の日本だからこそ、でしょう。イザナキのように男神でも、禊《みそぎ》をしたあとの道具や目鼻から子を生む神だっています。

男姿の女が女と結婚、男に犯され、女姿の男が女を妊娠させる

こんなふうに男女の垣根が低かった日本で、平安後期に、『とりかへばや物語』が誕生します。

ある大貴族がいて、二人の北の方それぞれに息子と娘が生まれる。ところが息子のほうは女の子の遊びや生活態度を好み、娘のほうは男の子のそれを好んでいた。それでその大貴族は二人を、

〝とりかへばや〟（取り替えたい）

と嘆いていたことから付けられたタイトルです。

いわゆるトランスジェンダー、自分のカラダと心の性認識が一致しないきょうだいが主人公なんです。

女の子っぽい若君は異様に恥ずかしがり屋で御帳台《みちょうだい》の中にばかり籠もってお絵描きや人形遊びをしている。一方、男の子っぽい姫君はいたずら好きで、外で男の子と蹴鞠《けまり》や小弓《こゆみ》で遊ぶ。今ならサッカーや鉄砲遊びです。

初めのうちは親も叱ったり矯正しようとしたりしていたものの、若君はおびえて内に引っ込み、姫君は父の目を盗んで外に飛び出してしまう。それで世間も姫君を男の子、若君を女の子と勘違いして、親も本人たちの望むまま、世間が勘違いするままに、女っぽい若君は女の子として、男っぽい姫君は男の子として育て、なんとその性のまま就職や結婚までさせてしまう。

時に姫君は十六歳。体の変化も隠しがたいものになっていく中、相も変わらず男として人目に姿をさらすところから物語が転がっていき、ついに親しい知り合いだった男に妻を犯され妻は妊娠出産、さらに自身も犯されて妊娠してしまう。一方、女姿の若君は尚侍《ないしのかみ》（内侍司の長官）として女東宮（昔は女帝がいましたし、奈良時代の孝謙《こうけん》天皇は女ながら皇太子を経て即位していますから、女東宮も有りなんです）に仕えているうちに彼女を妊《はら》ませてしまう……。

性的に何でもありの状況が展開するのです。

『とりかへばや物語』のもたらす新しいエロス

想像してみてください。

女姿の男（若君）が、女東宮と寝ているうちに、彼女とセックスしてしまう図。

はたまた男姿の女（姫君）が、男と過ごしているうちに、絡み合って犯されてしまう図を。

後者は絵柄的にはBLですが、状況的にはほぼレイプです。

しかも問題は、男姿の姫君が女の体を持っていることです。

当時、男として生きていた姫君は権中納言《ごんちゅうなごん》（以下、中納言）の地位（のちに大将に出世）についていました。

そこに、知り合いの男＝宰相中将《さいしょうのちゅうじょう》がやって来ます。

彼は好色な男で、中納言の妻の四の君《しのきみ》を犯して妊娠させたばかりか、中納言の姉妹

系図1 『とりかへばや物語』人物相関図

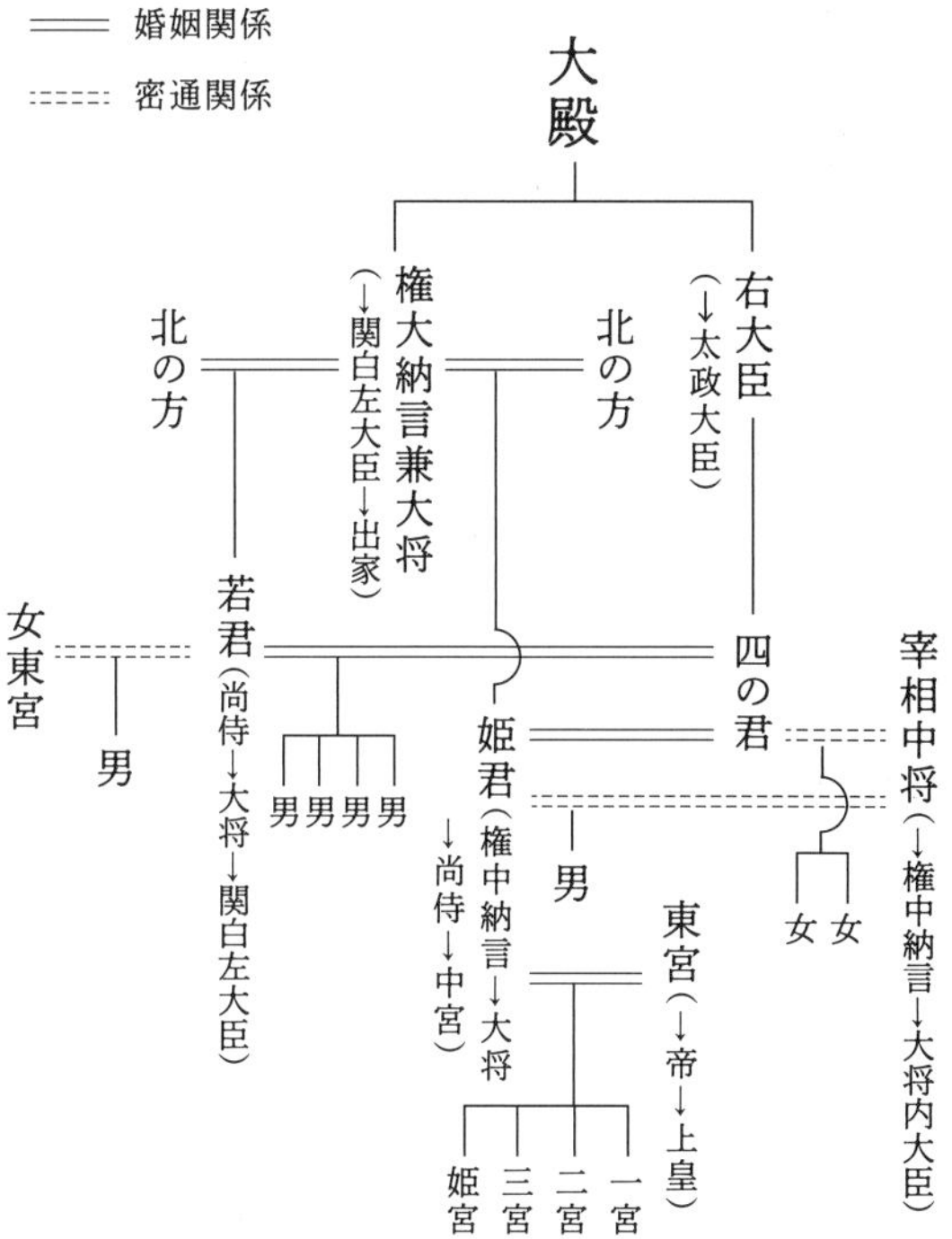

（生物学的には兄弟）である尚侍にも迫ります。が、尚侍は男の体を持っていますから強く抵抗されて目的を果たせなかった。そこで心を慰めようと、尚侍にも四の君にもゆかりのある中納言を訪ねたのです。『源氏物語』の源氏も人妻の空蟬と会えない時、その弟の小君と同衾《どうきん》したものですが、当時の人は女に会えないつらさを、その兄弟と会うことでしのいでいたのですね（少なくとも物語の世界では）。容易にBL的局面に発展しそうです。

そんなふうに彼が訪ねて来た時、とても暑い折とて中納言の顔は上気して、薄絹からくっきり腰のラインや、雪を丸めたように白い肌が透けて見える様が〝似るものなくうつくしき〟という状態でした。それを見た宰相中将は、

「こりゃ凄い。こんな女がいたら、俺はどんなに夢中になってしまうだろう」（〝あないみじ、かかる女のまたあらん時わがいかばかり心を尽くし惑はん〟）

と、たまらなく悩ましくなって、中納言を押し倒します。

この時点では、宰相中将は相手を男と思って押し倒しているわけで、ビジュアル的にはBLなんですが、やがて宰相中将は中納言が女の体を持っていたことに気づきます。すると、

「尚侍と四の君への思いを一つに合わせたような気持ち」（〝方々《かたがた》の思ひをひとつにかき合はせつる心地〟）になって、

「こんなに心にしみて感じることはなかった」（〝かばかり心にしみておぼゆることのなかりつるかな〟）というほど興奮してしまう。

当時の人もこのくだりでさぞ興奮したことでしょう。

ここには、通常の異性愛や同性愛のもたらすエロスとはひと味違う、ニュータイプのエロスがあります。

野暮を承知で説明すると、

1 美女（尚侍）に惚れた男（宰相中将）が、
2 その兄弟（中納言）を見に行ったら、
3 ムラムラして、
4 戯れるうち、
5 男と思っていた男姿の人（中納言）は女の体を持っていた、
6 そのギャップと、男装の美人が男の視線や肉体によって犯されていくエロス遠目には男同士のセックスに見えながら、その実、男姿の女が男に犯されている。犯されている男姿の姫君（中納言）は、実生活では男として結婚もして妻（四の君）がいる。妻とのセックスの実態は、男女のセックスに見えながら、その実、レズビアンに近い営みでもある……。

男と女の壁を崩して、その姿や役割を少しずらすと、予想外のエロスがもたらされるということを、この物語は教えてくれます。

ただ、そうした「ずらし」の妙味に走るあまり、そして平安後期という時代性もあって、この物語には現代人の目から見ると限界があるのも確かなんですよね。

『とりかへばや物語』の限界

というのも、こうした男女入れ替わりものは現代でもそうだと思うのですが、男女が入れ替わったことによる物語性を強調するため、とことん性差を意識する。それで、一見、男女の枠を外したようでいながら、その実、男女の役割をステレオタイプなまでに規定するんです。その最たるものが「生殖」で、この物語の主要人物は、体が女でありさえすれば、とにかく全員妊娠するし、男の体を持ってさえいれば、女を妊娠させるわけです。

女姿の若君（尚侍）は女東宮を妊娠させ、男姿の姫君（中納言→大将）は宰相中将に妊娠させられ、姫君（中納言）の妻の四の君も二度までも妊娠させられる。

このカオス状態を収束させるために、二人のきょうだいは入れ替わり、それぞれ相手の職種に就いて、つまり生物学的な性別に従って生きることで、きょうだい共に男女の最高の地位にのぼりつめるという「ハッピーエンド」へ突き進みます。

その過程で、姫君は女として生きる不自由さを痛感したり、男として暮らしていた経験がものを言って論理的ではきはきした性格によって危機を免れたり……男女両性兼ね備えてこそ最強の存在になるという日本神話以来の伝統的思想も垣間見えるとはいえ、心の性に従って生きてきた人が、体の性に従って生きることで大団円を迎える結末というのは、やはり時代的な限界があると言っていいでしょう。

そして、こうしたトランスジェンダーの実態と苦悩が、なぜ平安後期に描かれたのかを考えた時、この時代が、女の強い貴族の時代から、男の強い武士の時代へと移り変わるまさに「転換期」であることに気づきます。

それまであいまいだった性分担が確認・強化される過程で、この物語は作られたわけです。

同時期、女でありながら眉《まゆ》も処理せずお歯黒《はぐろ》もせず、男の白袴を穿《は》いて、男の子と一緒に虫を可愛がる「虫めづる姫君」(『堤《つつみ》中納言物語』)が書かれたのも偶然ではないでしょう。

現代は逆に、固定化されていた性分担が見直されている過程なわけですが、『とりかへばや物語』ができた平安後期は、ゆるかった性分担に締めつけがかけられ固定化していくという逆の方向をたどっていたからこそ、その結末は、生物学的な性によって生きてこそ成功がもたらされるというものになった、というのが私の考えです。

いずれにしても千年近く前、トランスジェンダーに注目した『とりかへばや物語』は画期的であるし、成り行きとはいえ、男姿の姫君が女と結婚しているというのは、現代日本でもまだ認められていない「同性婚」を先取りしていて、色んな意味で驚かされる物語ではあります。

第三章

女を排除した性と政

性でつながる中世の貴族と僧侶

8

院政期を支えた男色ネットワーク

藤原頼長の七人の男色相手

大学を卒業して一年目の冬、五味文彦《ごみふみひこ》の『院政期社会の研究』に出会った時は、衝撃を受けたものです。

五味氏が左大臣藤原頼長《ふじわらのよりなが》の日記『台記《たいき》』等を検証したところによると、頼長には源成雅《みなもとのなりまさ》、藤原忠雅《ただまさ》、藤原為通《ためみち》、藤原公能《きんよし》、藤原隆季《たかすえ》、藤原家明《いえあき》、藤原成親《なりちか》の七人の男色相手がいたというのです。

のちに私は、三十六歳にして九十五人の相手と男色関係を結んだ僧侶のことを知り、衝撃を受けることになるのですが(→第三章10)、『院政期社会の研究』を読んだ時は私も二十代前半で、世間を知らないということもあって、男が男七人と関係していたのか、それもそれぞれ妻がいながら……と驚いてしまったのです。

しかも五味氏によれば、このうち四人が同じ藤原家成《いえなり》一門の人でした。頼長はこの家成一門と意識的につながっていたというのです。

というのも実は、家成は鳥羽院《とばいん》の男色相手として大きな勢力を築いていました。この点もまたなかなか驚きなのですが、頼長としては、そんな家成の一門を取り込むことで、権力の座を獲得しようとしたのではないかといい、要するに頼長にとっての男色関係は「政治的手段の一つに他ならなかった」（前掲書）というのです。

まさに「男色ネットワーク」としか言いようがありません。

院政期には頼長だけでなく、あとで触れるように父の忠実《ただざね》はじめ、兄の忠通《ただみち》、鳥羽院の子の後白河院《ごしらかわいん》、祖父の白河院も男色を嗜んでいて、保元《ほうげん》の乱や平治《へいじ》の乱もそうした関係がもとになって勃発しているらしいのです。

性を使って政治をするという手法を手放せなかった性＝政の古代・中世

なぜこの時代、こんなにも男色が政界に目立つようになったのか。

その理由について五味氏は「まずは京都という狭い政治社会の場のあり方と関連していると見るのが正しいであろう。また院政という特殊な政治構造と関連していると言えるかもしれない。ここでは早急な結論を出すことはすまい」（前掲書）と明言はしていません。

それを強いて追究するのは僭越《せんえつ》という気がするものの、学者の立場ではない気安さから考えてみるに、女の性を使った外戚《がいせき》政治に陰りが見えながら、性を使って繁栄するという馴れた手法を彼らが変えなかったため、なのではないか。

外戚政治というのは娘を天皇家に入内させ、生まれた皇子を即位させ、その後見役として一族が繁栄するという、天皇の母方（外戚）が中心となって政治を動かす仕組みのことです。

この仕組みで天皇の母方である藤原氏の摂関家は栄えていたために、平安中期には男女の関係が重視され、いかに娘を「そそる女」にするかに大貴族は心血を注いでいました。多くの妃《きさき》たちの中で、天皇（東宮）が娘のもとに通ってくれるよう、娘を飾るためにも才色兼備の女房たちを雇うことに余念がありませんでした。清少納言や紫式部、赤染衛門《あかぞめえもん》、和泉《いずみ》式部といった天才的な文学者がほぼ同時期に輩出されたゆえんです。

ところが平安後期、内親王を母にもつ後三条《ごさんじょう》天皇の即位によって、この潮流に変化が起きます。

権力が、天皇の母方から天皇の父……つまりは上皇（院）に移り、院はそれまで力のあった大貴族ではなく、中流以下の貴族や武士を盛んに取り立てるようになります。

その際、院は中流貴族と男色で以《もっ》て結びつき、権力に陰りが見えつつあった頼長のような大貴族もまた中・下流貴族と男色で結びつくということをした。

それはつまり、外戚政治の時代にあった「性＝政」の観念がそのままスライドした結果ではないか。

天皇（東宮）と娘をセックスさせることで生まれた皇子の後ろ盾として権力を得る――セックスで結びつく、繁栄するという政治の仕方をしてきた彼らは、娘の性を使った政治の効力が低下しても、セックスを使って結びつくという方法を捨てなかった。

それで、自身の性で以て、ターゲットとなる相手（男）と結びつくことで、権力を広げていったと思うのです。

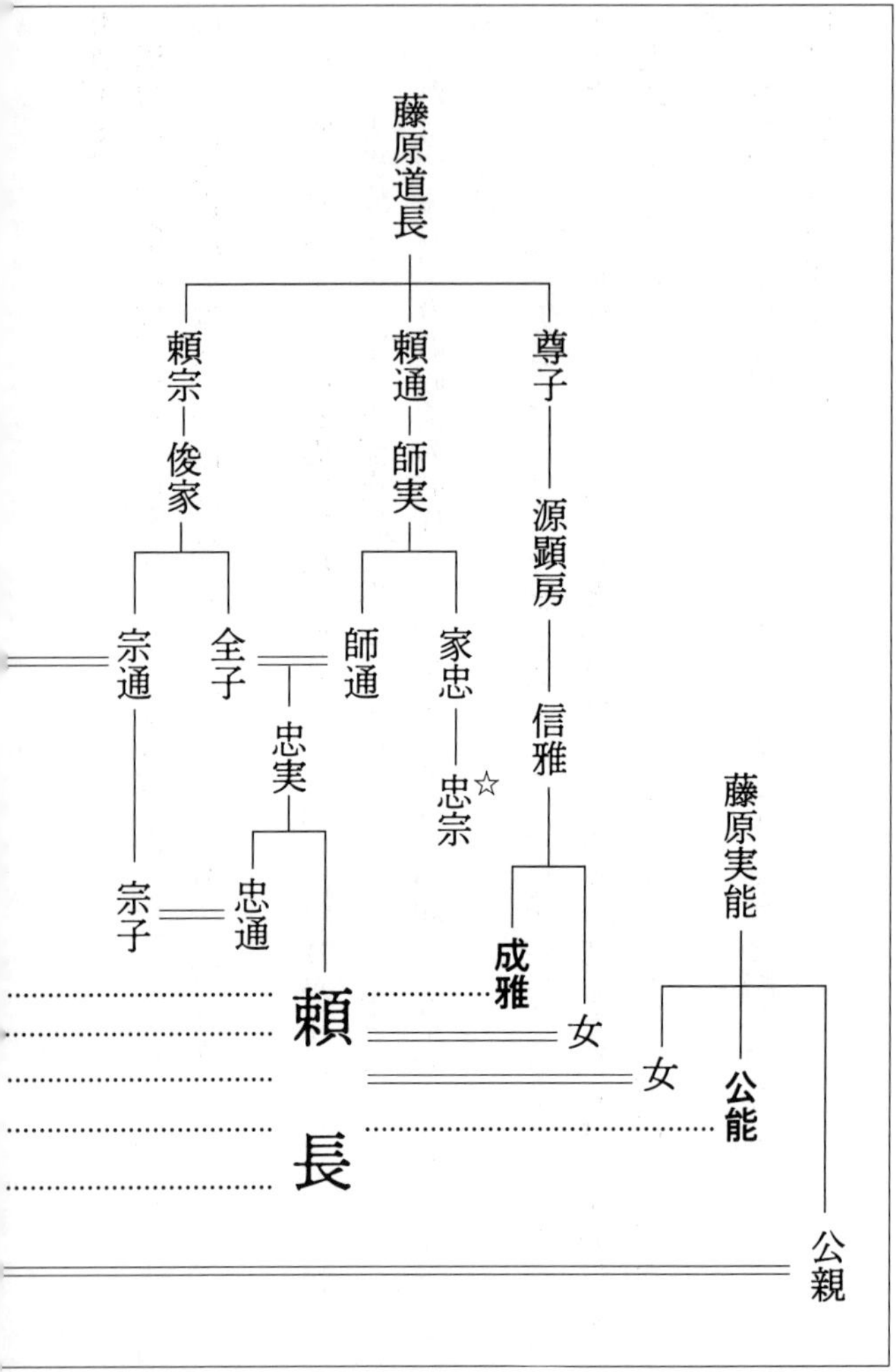
藤原道長
頼宗
頼通
尊子
俊家
師実
源顕房
宗通
全子
師通
家忠
信雅
忠実
忠宗☆
藤原実能
宗子
忠通
成雅
女
頼長
女
公能
公親

系図2　藤原頼長と家成一門

五味文彦『院政期社会の研究』、『尊卑分脈』を参考に作成

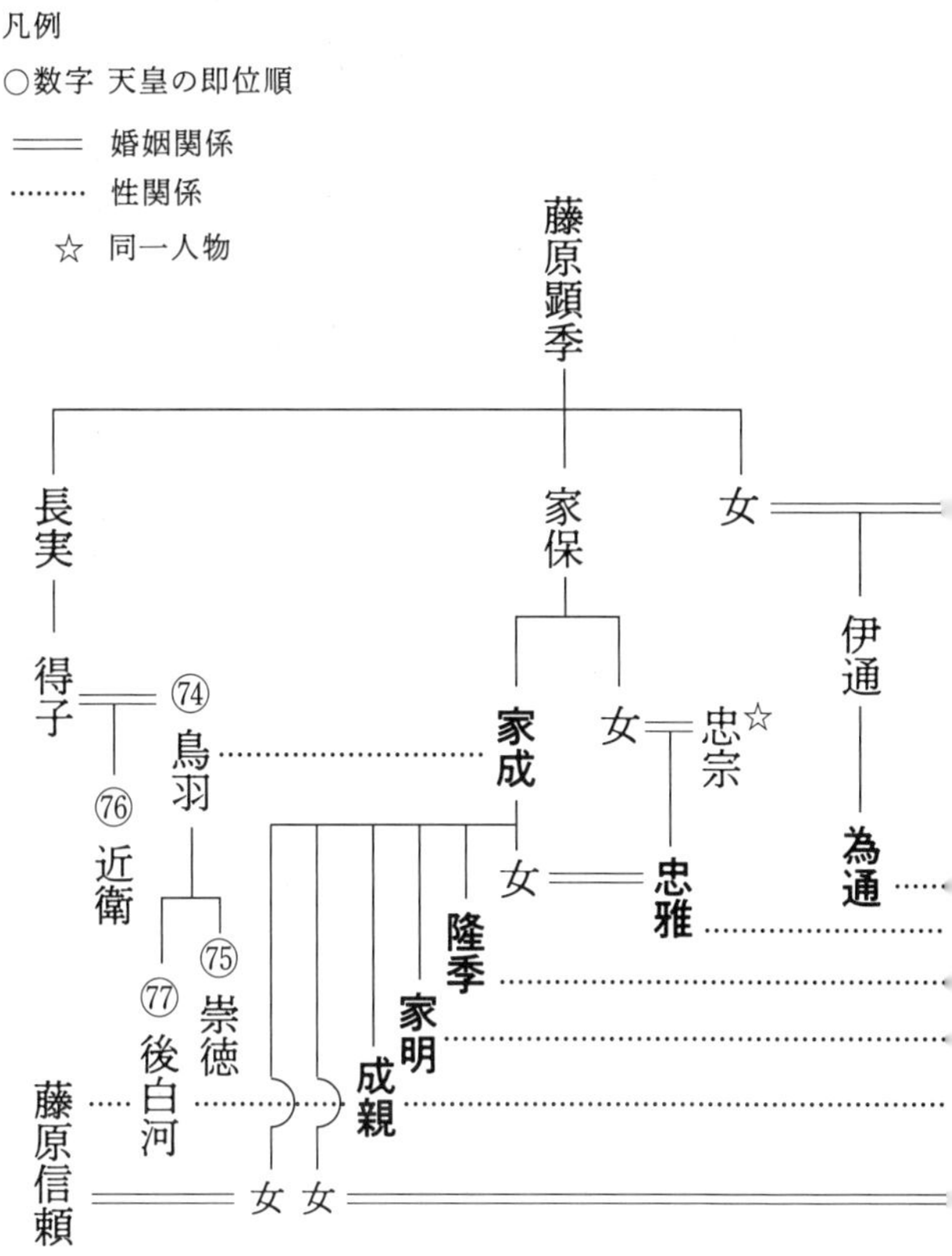

もっとも院政期以前に大貴族や中・下流貴族が男色で結びついていなかったかというと、そうでもなかったのではないか……と私は思っていて、というのも『源氏物語』には、主人公の源氏が受領《ずりょう》の妻である空蟬に会えない寂しさから、空蟬の弟の小君と同衾するシーンがあって、その後、小君は源氏に取り立てられるのです（源氏が須磨《すま》謹慎の折、小君は距離を置いたため、帰京後の源氏は小君につれなくなります）。こうしたことは現実にもあったのではないか。ただ、あくまで政治の本流は「女と男の性」で動いていたために、男色が政治を動かすというほどではなく、さして盛んでもなかったのではないか。それが私の考えです。

保元の乱も平治の乱も男色絡み

話を院政期の男色に戻すと、五味氏の指摘するように、この時代の事件や戦いには必ずといっていいほど男色の愛憎が絡んでいます。

保元元（一一五六）年、鳥羽院が崩御《ほうぎょ》すると、崇徳《すとく》上皇（院）方と後白河天皇方に分かれて保元の乱が勃発します。

その根っこには男色関係以前に、上流社会の親子関係のひずみがありました。

鳥羽院は保延《ほうえん》五（一一三九）年、寵愛する美福門院《びふくもんいん》得子腹の体仁《なりひと》親王（のちの近衛《このえ》天皇）を東宮にした。そして、永治《えいじ》元（一一四一）年、待賢門院《たいけんもんいん》璋子腹の崇徳院（当時は天皇）が譲位する時の宣命《せんみよう》に〝皇太子〟と書くべきところを〝皇太弟〟と書かせた。体仁は崇徳の異母弟ながら、崇徳の妻の養子になっていたのに、です。そのため、崇徳は〝コハイカニ〟（これはどういうことだ）と恨みを抱きます（『愚管抄《ぐかんしよう》』巻第四）。当時は天皇の父＝上皇が執政する院政期。体仁が皇太弟では、崇徳は兄ということになって、天皇の父として院政を行なえなくなるからです。

そんなころ「家成邸追捕事件」（一一五一年）が起きる。藤原頼長が〝無二ニアイシ寵シケル〟つまりは愛人である秦公春《はたのきみはる》に命じ、藤原家成邸に乱入させたのです。日本古典文学大系の『愚管抄』の補注によると、その前に家成の家人が頼長の雑色《ぞうしき》（雑役係の下男）を搦《から》め取ったからなのですが、天台座主《てんだいざす》の慈円《じえん》によれば、家成を寵愛していた鳥羽院はこれを機に頼長を疎《うと》んじるようになります（『愚管抄』巻第四）。

頼長は愛人の公春に命じて、鳥羽院の愛人の家成邸に狼藉を働いたという、双方、男色絡みの事件なわけです。

そして久寿《きゆうじゆ》二（一一五五）年、近衛天皇が死に、璋子腹の後白河天皇が即位。翌年、鳥羽院が死去するのですが、相変わらず政治から閉め出されていた崇徳院は父の最期に会うこともゆるされませんでした。鳥羽院がこれほど第一皇子の崇徳院を憎むのには理由があって、実は崇徳院は、鳥羽院の祖父白河院のタネであり、当時の人は〝皆《み》な之《こ》れを知るか〟という状態でした。鳥羽院にとって崇徳院は叔父に当たるため、鳥羽院は彼を〝叔父子《をぢご》〟と呼んでいた。それで崩御時も、〝新院にみすな〟(崇徳院に見せるな)と遺言したため、崇徳院は会えなかったのです(『古事談《こじだん》』巻第二)。

崇徳院の母璋子は白河院の養女で、幼いころは〝白河院の御懐に御足さし入れて、昼も御殿籠《とのごも》り〟(『今鏡《いまかがみ》』「藤波《ふじなみ》の上　第四」)という状態でしたから、鳥羽院に入内する前から白河院と関係があったのでしょう。角田文衞《つのだぶんえい》は璋子の生理周期から崇徳の実父は白河院としています(『待賢門院璋子の生涯――椒庭秘抄《しょうていひしょう》』)。

一方、摂関家では、藤原忠実が、いったんは正妻腹の忠通に譲った〝藤氏長者《とうしのちょうじゃ》〟(藤原氏の氏長者。一族トップの地位)を取り上げて、下の子の頼長に譲ってしまうということがありました(『愚管抄』巻第四)。そのため、兄忠通と異母弟の頼長は不仲となっていました。

さらに武士の世界では、源氏の棟梁《とうりょう》である源為義《ためよし》と、長男の義朝《よしとも》は長年、不仲だった（同前）。

こうした家族関係を孕《はら》みつつ、保元の乱では兄弟親子が敵味方に分かれて戦うことになります。

しかもこの戦いを構成するメンバーも、深く男色と関わっています。

まず崇徳上皇方の頼長は言うまでもなく、父の忠実も男色を嗜んでおり、忠実のことばを記録した『富家語《ふけご》』には、

〝故信雅《のぶまさ》朝臣は面《おもて》は美《よ》くて後《うしろ》は頗《すこぶ》る劣れり。男は成雅朝臣なり。成雅は面は劣りて後の厳親《げんしん》に勝《まさ》るなり。これに因りて甚だ幸ひするなり〟

と、ある。

亡き源信雅は顔は美形だが肛門が良くない、一方、息子の成雅は顔は劣るが肛門が親にまさっている、そのため深く寵愛しているのだ、というのです。

〝後〟という表現が生々しいではありませんか。

忠実は成雅をよほど可愛がっていたのでしょう。成雅絡みのこととなると、愛息子《まな》の頼長のことすらゆるしません。乱闘事件を起こした成雅を頼長が罰すると、約半年

間、宇治の屋敷に参向することを止めたといいます（五味氏前掲書）。

とはいえ保元の乱では、上皇側についた頼長を応援、上皇側が敗北すると、天皇側についた忠通の計らいで配流を免れたものの、京都北郊の知足院《ちそくいん》に幽閉され、晩年を過ごすことになります（池上洵一《いけがみじゅんいち》「『中外抄《ちゅうがいしょう》』『富家語』解説」、新日本古典文学大系『江談抄《ごうだんしょう》　中外抄　富家語』所収）。

まぁ上皇本人は讃岐国《さぬきのくに》に流罪となって現地で死に、上皇側についた頼長は矢傷がもとで死んだことを思えば、幽閉で済んだ忠実はましなんですが……。

源為義なんて、天皇側についた長男義朝の手で斬首されますから。

しかし義朝は勝ったとはいえ、同じ武士の平清盛《たいらのきよもり》と比べると、ほとんどうま味は得られませんでした。

父殺しの汚名を着た上、後白河院の乳母の夫として権力を振るっていた信西《しんぜい》入道の子を、「婿にしたい」と申し出て断られてしまった。にもかかわらず、信西は別の息子を清盛の娘婿にしたので、義朝は深い〝意趣〟を抱くことになります（『愚管抄』巻第五）。

同じころ、後白河院に〝アサマシキ程ニ御寵〟（驚くほど寵愛）されていた藤原信頼《のぶより》が、信西の権勢に〝ソネム心〟(嫉妬心)を抱いていました(同前)。

ここでも、男色が一枚嚙んでいるのです。

利害の一致した義朝と信頼は平治元(一一五九)年十二月九日夜、院の御所に放火、逃亡した信西を死に追いやり、信西の子らを流罪にしてしまいます。

平治の乱が起きるのです。

折しも熊野《くまの》詣でに出かけていた清盛は事の次第を知って帰京、信頼は斬首され、落ち延びた義朝は家来の裏切りにあって殺され、平家の世が到来することになります。

9

なぜ、一つの家族の構成員たちを性の対象にするのか

親子を犯す、兄弟を犯す

さて、先に紹介した忠実が、源信雅と成雅という父と息子を、両方犯していたことに驚いた人もいるのではないでしょうか。

実はこの時代、男同士に限らず、男女の仲でも母親と娘、父親と息子、兄弟姉妹といった一家族の複数のメンバーと関係することは、決して珍しいことではありません。

そしてそこには必ず身分関係、力関係が絡んでいます。

次ページの系図3を見てください。

道長の嫡流である忠実に対し、女系で道長の血を引くとはいえ、源信雅・成雅父子は位も共に正四位下止まりで、格下であることは違いありません。

系図3　藤原忠実と性関係

『富家語』『尊卑分脈』を参考に作成

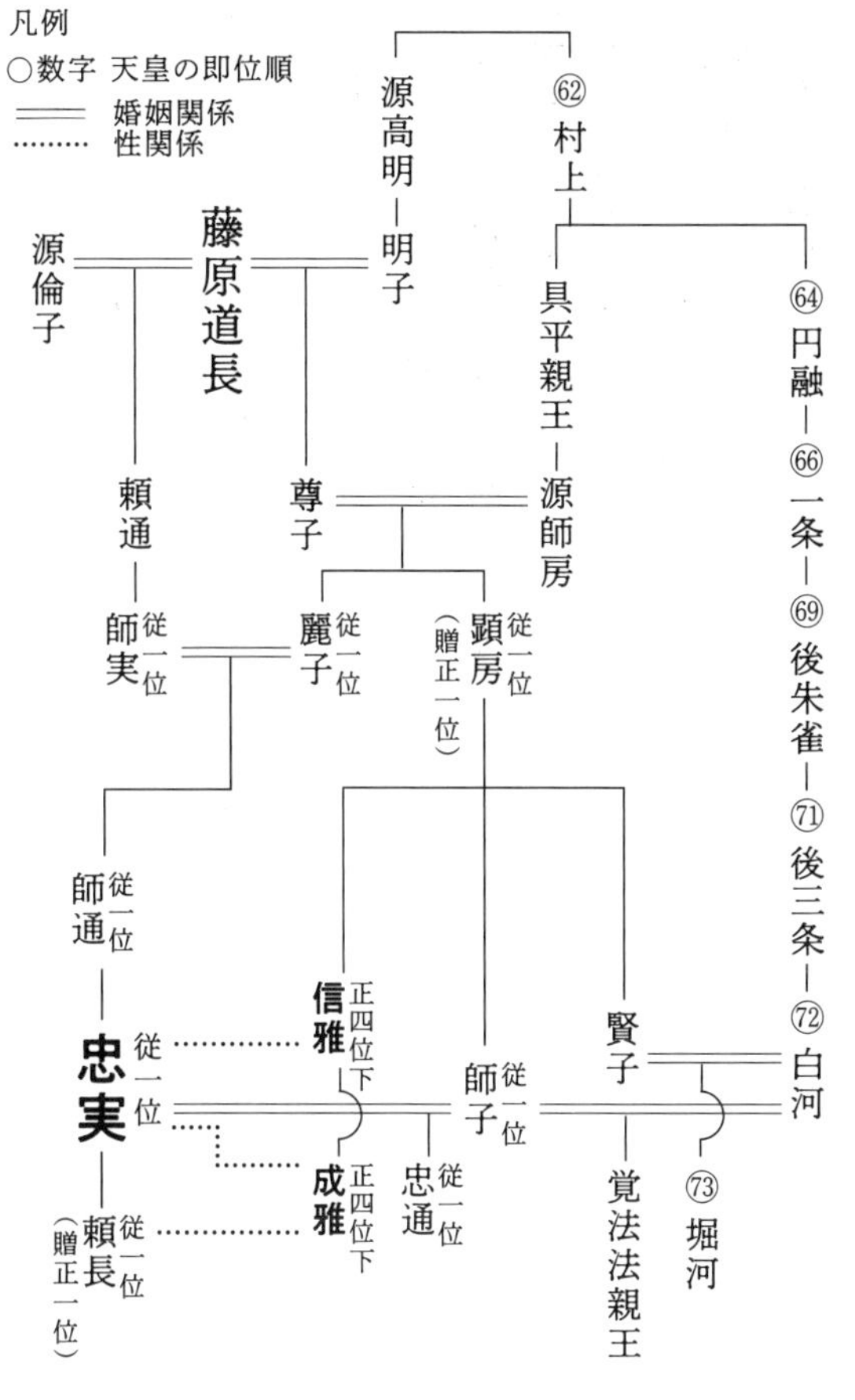

というか、系図を作って気づいたのですが、忠実の妻は信雅の姉（師子）なんです。師子は平安末期の歴史物語『今鏡』によると、最初は白河院に召されて覚法法親王《かくほうほっしんのう》という皇子も生んでいたのを、若かりし日の忠実が垣間見て恋煩いとなり、〝命も絶えぬべくおぼゆる〟（「藤波の中　第五」）と、祖母で、師子の叔母で、かつ師子の女主人でもある麗子に泣きついた結果、院のゆるしを得て妻として賜《たまわ》ったという人で、拙著『女系図でみる日本争乱史』でも「お下がり妻」が結びつける政治関係の一例として紹介しました。

忠通はこの師子とのあいだに生まれた息子。

男色関係にあった信雅は師子の弟、成雅は甥に当たるわけです。

つまり忠実は、師子・信雅姉弟、信雅・成雅父子と、師子を含め、その親族の男女三人と関係しているのです。

これって、息子の頼長が家成の息子の隆季・家明・成親兄弟、家成の娘婿の忠雅といった、家成の親族四人と関係していたことを彷彿《ほうふつ》させます（→第三章8）。

文字通りの一族総嘗めなんです。

ちょっとBLからはズレますが、こういうケースはほかにもあって、後深草院《ごふかくさいん》の愛人だった女房の二条《にじょう》は、院の乳母で、典侍大《すけだい》と呼ばれた女の娘でしたが、後年、院は、

「私の新枕は亡き典侍大に習ったんだ」（〝わが新枕《にひまくら》は故典侍大にしも習ひたりし〟）（『とはずがたり』巻三）

と、二条に告白しています。

後深草院は二条だけでなく、その母ともセックスしていたのです。それを聞いた二条は、

〝あはれも忍びがたくて〟

と、しんみりした気持ちになっています。

実は二条は院の異母弟である僧侶に口説かれ、それを院に知られてしまったのですが、院は、

「差し支えないよ」（〝苦しかるまじきことなり〟）

と二人の関係をむしろ応援し、結果、二条はその僧侶の子を二度までも妊娠することになります。

しかも二条は妊娠中に、後深草院と、院の同母弟の亀山院《かめやまいん》との三人で寝させられるはめになり、院が寝ている隙に亀山院にも犯されてしまいます。

母娘して院と関係することとなった二条は、院を含めてその兄弟三人ともセックスしているわけです。

男色・女色を問わず、なぜ家族ぐるみで関係するのか?

このように父子、母娘、兄弟姉妹を性の対象とするということは、古代・中世、史実・文学を問わず、わりあい見られることで、『源氏物語』で、主人公の源氏が、人妻の空蟬のみならず、その弟の小君と同衾したり、空蟬の継子の軒端荻《のきばのおぎ》と関係したりするのも、その類いと言えます。

戦国時代の笑い話集『醒睡笑《せいすいしょう》』(江戸初期)にも、こんな話があります。ある人が、〝こきん〟と呼ばれる少年の呼び名の由来を、山寺の院主である坊さんに尋ねたところ、

「あの子の親はことのほか金玉が大きかったのだが、あれはそれにひきかえ、金玉がいかにも小さいから」(〝あの子が親は、けしからぬ大きんにてありつるが、あれはまた引替へ

て、きんが如何にも小ささに、小きんとつけて候〟）（巻之六「推《すい》はちがうた」）と答えた。つまり、その坊さんは父と息子の両方と関係していた可能性がうかがえるのです。

・推測その一　〝紫のゆかり〟感覚

なぜ平安・鎌倉時代はおろか、戦国時代に至るまで、家族そのものがセックスの対象となるのか、家族全部の性がターゲットとなったり、家族の多くの構成員によって性のターゲットとされるということが起きていたのでしょう。

このことを考えてみるに、一つには、『源氏物語』の源氏のように、愛する人のゆかり（縁者）とつながりたいという素直な欲望があるでしょう。

平安時代には〝紫のゆかり〟ということばがあります。

これは、愛する継母の藤壺の姪で、しかも藤壺に瓜二つの幼い紫の上（若紫）を目にした源氏が、

「手に摘んで早く見たいものだ。紫草の根につながっている野辺の若草、藤壺にゆかりのある若紫と」（〝手に摘みていつしか見む紫のねにかよひける野辺の若草〟）（『源氏物語』

「若紫」巻）

そう詠んだ歌に由来しており、さらにこの歌は、

「一本の紫草ゆえに、広い武蔵野の草は皆、しみじみ慕わしく感じる」（〝紫のひともとゆゑに武蔵野の草はみながらあはれとぞ見る〟）

という『古今和歌集《こきんわかしゅう》』（巻第十七）の歌をベースにしています。

ここから、愛しい人の関係者を肯定的に〝紫のゆかり〟と呼ぶようになります。愛する人とゆかりのある人すべてとつながりたい……といった気持ちが込められているわけで、こうしたノリで、ある一人の好きな人ができると、その家族のメンバーも慕わしくなって関係するということがあったのではないか。

先に『源氏物語』では、女を介して男同士が仲良くなったり、また空蟬という手に入りにくい人妻を思って源氏がその弟の小君と同衾したりといったことがあると書きましたが（↓第一章1）、それに似たことは多くの物語でもあって、『とりかへばや物語』でも、宰相中将が、尚侍（女姿の若君）に会えない思いを慰めようと、中納言（若君の姉妹である男姿の姫君）に会って戯れるうち、セックスに至るという設定でした（↓第二章7）。

こうしたことの背景には、高貴な女性は親兄弟や夫以外の男に姿（顔）を見せなかったから、容易に会えなかったという当時の事情があります。その代わり、女の兄弟や（ここでBL的な展開になるわけですね〜）彼女に仕える女房に会うことで心を慰めるわけです。

『源氏物語』では、会えない女の代わりに、身分や立場がやや軽いその親族と関係するということが多々あって、源氏は父帝の中宮の藤壺の代わりに、藤壺の姪でまだ十歳の、しかも父親はいても正妻のもとにいて、あまり彼女を顧みないという境遇の紫の上を手に入れたり、宇治十帖の薫は恋する大君《おおいぎみ》が死ぬと、その妹で人妻の中の君に迫り、それが果たせないと、彼女らの劣《おと》り腹《ばら》の妹の浮舟を囲い者にしています。

こうした設定が数多く物語に描かれるということは、現実にもあったということでしょう。

貴族や僧侶が一人の人間と関係すると、さらにその親族にまで性関係が及んでいく。それは、恋しい人の関係者は、皆、恋しいという〝紫のゆかり〟感覚が、一つにはあったと思うのです。

・推測その二　身分制からくる家族全員を所有しているという感覚

昔の貴族や僧侶が一つの家族の複数のメンバーと枕を重ねるケースでは、はじめに指摘したように身分関係、力関係というのが絡んでいる場合が多いものです。

そしてこのことが、家族ぐるみで関係するもう一つの、そして最大の理由になっていると私は考えます。

つまり、自分の家来や配下の家族もまた自分のもの、「自分の召使が俺のものなら、召使の家族も俺のもの」という所有意識があって、それゆえセックスしたとしても何ら問題はないという感覚があったと思うのです。

家臣と比べるとずっと身分は下ですが、中世の隷属的な使用人である「下人」は、女の場合、「所有者によって、男の下人よりも強くその性を管理されている」つまり、主人のセックスの対象になることが多いといいます。のみならず、女下人の婿もまた主人のものという感覚があり、主人に使役されました（磯貝富士男《いそがいふじお》「下人の家族と女性」、『日本家族史論集4　家族と社会』所収）。

これは下人の話ですから極端ですが、『源氏物語』でも、源氏が方違《かたたが》え（目的地の方角が悪い場合、いったん別の所に行くことで、目的地の方角が悪くならないようにすること）の

ために配下の紀伊守の屋敷に行く際、

「女っけのない旅寝は恐ろしい感じがするからね」（〝女遠き旅寝はもの恐ろしき心地すべきを〟）（「帚木《ははきぎ》」巻）

などと暗に女を要求します。そして、紀伊守の継母に当たる空蟬の寝所に押し入って、彼女を抱き上げたところに、空蟬に仕える女房が来合わせても、うろたえたり悪びれたりするどころか、

「明け方にお迎えに参れ」（〝暁に御迎へにものせよ〟）

と堂々と命じ、人妻である彼女とそのままセックスしてしまいます。のみならず、空蟬の弟の小君と同衾し、空蟬の継子で紀伊守の姉妹に当たる軒端荻ともセックスしたことはすでに触れた通りです。

配下の屋敷は自分が好きに使って良いもの、配下の家の女も自分の好きにして良い存在と思っていなければ、こんな言動は出てきません。

『源氏物語』はフィクションとはいえ、作者の紫式部は紀伊守と同じく受領階級であり、源氏のような大貴族の娘中宮彰子に仕える女房でした。そして彰子の父藤原道長のお手つきというのが定説です（南北朝時代に成立した系図集『尊卑分脈《そんぴぶんみゃく》』に紫式部は

〝御堂関白道長妾云々〟と記されています)。

配下の屋敷での源氏の振るまいは、大貴族に接している紫式部の実体験をベースにしていると見て間違いないでしょう。

・推測その三　家族ぐるみで権力者の庇護を受けたいという格下側の事情

このように見ていくと、強い者のやりたい放題……という感じがあり、実際そのような側面もあったものの、権力者と関係を持つ側にしてみれば、家族ぐるみで権力者と性関係を持てば一族郎党、庇護《ひご》されるという感覚があったのではないでしょうか。

前項8で、愛人の源成雅を罰したからと我が子の藤原頼長を半年間寄せつけなかった忠実や、寵愛する家成の家が攻撃されたからというので頼長を疎んじた鳥羽院について触れました。

二つのケース共に、愛人に非があるにもかかわらず、理性を忘れたその贔屓《ひいき》ぶりは呆れるほどで、そこには文字通りの「情実」しかありません。

男色関係は時にこのような理不尽なまでの権力者の庇護をもたらすことがありました。だからこそ、権力者に「寵愛」される側の格下の者たちにしてみれば、兄弟親子でがっちり権力者と性的に結びつけば、その地位はますます盤石になるという意識があったと思うのです。

院政期に限らず、一人の男が男女を問わず、一家庭の複数の構成員と関係を持っていることの背景には、以上のような理由があると私は考えます。

そのベースには、当時の貴族社会がごく限られた血筋の中で成り立っているという世界の狭さがあることは言うまでもありません。

10

院政期・鎌倉時代の仏教界の男色世界

九十五人と寝たけど百人まではやめとく　東大寺トップの驚きの誓い

日本の仏教界では、女犯《にょぼん》を避けるため男色が盛んだったというのは有名な話です。

文芸にも枚挙にいとまがないほど男色話は満ちていて、前近代の僧侶が男色にいそしんでいたことは誰もが知る常識に近いものがあります。

が、「事実は小説よりも奇なり」と言いますが、文芸の男色話に馴れた私も、松尾《まつお》剛次《けんじ》『破戒《はかい》と男色の仏教史』で紹介されている実在の人物の交遊ぶりには驚かされました。

彼の名は宗性《そうしょう》（一二〇二～一二七八）。

建仁《けんにん》二（一二〇二）年生まれですから男色盛んなりし院政期、似せ絵の名手として知られる藤原隆信《たかのぶ》の孫としてこの世に生を受けました。

十三歳で出家した宗性は、のちに東大寺の別当（長官）にまでのぼりつめます。そんな彼が三十六歳の時、誓った五か条というのが凄いのです。以下、松尾氏の前掲書から訳文を引用すると……。

「一、四一歳以後は、つねに笠置寺《かさぎでら》に籠《こも》るべきこと。

二、現在までで、九五人である。

　男を犯すこと百人以上は、淫欲を行なうべきでないこと。

三、亀王丸《かめおうまる》以外に、愛童《あいどう》をつくらないこと。

四、自房中に上童《じょうどう》を置くべきでないこと。

五、上童・中童《ちゅうどう》のなかに、念者《ねんじゃ》をつくらないこと。」

松尾氏によれば、この誓文は、弥勒菩薩《みろくぼさつ》の浄土とされる兜率天《とそつてん》への往生を望んで作られたといいます。また笠置寺に籠るというのは隠遁を誓っているといいますが、宗性はのちに大安寺や東大寺の別当に任命されており、結局誓いは守り通すことはできませんでした。

凄いのは、三十六歳の時点ですでに関係した男色相手が九十五人にものぼっていたという点です。しかも宗性は大貴族ではなく中級貴族出身で、当時は大法師という中

級クラスの僧侶でした。松尾氏はそこに注目し、

「男色相手の数については上限を設定しても、男色自体については反省もしていない点や、その数から判断すると、中級の大法師クラスの官僧たちにまでも、男色は一般的であったと考えられます」

「中世の官僧世界における男色関係の広がりの予想外の大きさが推測されることになります」

と指摘しています。

ちなみに上童や中童というのは僧侶に仕える童子のことで、必ずしも子どもとは限りません。この童子には、稚児（上童）と中童子と大童子の三種があって、平安時代の歴史物語『栄花物語《えいがものがたり》』では花山院《かざんいん》のお供に大童子の大柄で年輩の者四十人、中童子二十人、召次《めしつぎ》といった雑事係やもとから院に仕えている俗人どもが奉仕している、とあります（巻第八）。大童子とは年を取っても童形のまま寺院で働く下働きの者のことで、その序列についても従来は曖昧だったり諸説あったりしたのですが、寺院の童子を詳細に研究した土谷恵《つちやめぐみ》によれば、児《ちご》（上童）→中童子→大童子の順といい、古典文学での描かれ方を見ても、土谷氏の説が最も納得できます（『中世寺院の社会と芸能』）。

そんなわけで、亀王丸とは宗性が寵愛していた上童（あるいは中童子?）らしいのですが、笠置寺に籠るという誓いも守られなかったわけですから、三十六歳の時点ですでに九十五人と男色関係にあった宗性が、その後、出世してますます男色の機会も増えていく中、百人以上と関係しない……という誓いが守られたとはとうてい思えません。

『古今著聞集』の伝える仁和寺覚性法親王の寵童たち

宗性より少し前に生きた覚性法親王《かくしょうほっしんのう》（一一二九〜一一六九）も、当然のように男色を嗜んでいました。

覚性法親王は、鳥羽院と待賢門院璋子の皇子で、仁和寺《にんなじ》の御室《おむろ》（長官）でした。保元の乱で、同母兄の崇徳院と後白河天皇が敵・味方に分かれ、敗れた崇徳院が彼の留守中に仁和寺に逃れてきた時は、そのことを後白河天皇に告げ（『保元物語』中）、後白河天皇の味方をしています。

覚性法親王には、鎌倉時代の説話集『古今著聞集《ここんちょもんじゅう》』によると、千手《せんじゅ》という〝御寵《ごちょう》童《どう》〟がいました。美形で性格も優美で、笛を吹き、今様《いまよう》（流行歌）などを歌ったので、〝甚だしかりける〟寵愛ぶりでした。が、新参の三河という童が、箏《そう》の琴を弾き、歌を詠んだりすると、御室（覚性法親王）はこちらも寵愛し、千手の影が少し薄くなったのです。千手は面目がないと思ったのか、退出して久しく参上しませんでした。

そんなある日、酒宴があり、さまざまな遊びがあった際、その座にいた御弟子の守《しゅ》覚《かく》法親王（一一五〇～一二〇二。後白河院の皇子で覚性法親王の甥）が、

「千手はなぜおらぬのでしょう。召して笛を吹かせ、今様などを歌わせたいものです」

と言ったので、すぐに使いを出して千手を呼んだものの、所労を理由に千手は参りません。三度目の使いにやっと参上した千手は、目のさめるような装いに身を包みながらも、物思いに沈む様子が明らかで、塞ぎ込んでいました。人々が千手に今様を勧めると、

〝過去無数の諸仏にも　すてられたるをばいかがせん
現在十方の浄土にも　往生すべき心なし

たとひ罪業《ざいごふ》おもくとも　引接《いんぜふ》し給へ弥陀仏〟

と歌いました。「諸仏に捨てられる」というくだりを少しかすかな声にして歌った様子が、思い余った心の色が表れて、しみじみと胸を打つので、聞く人は皆、涙を流し、その座はしんみりしてしまいました。

御室は我慢できなくなって、千手を抱いて御寝所《ごしんじょ》に入ってしまったので、一同は、御室の極端な行動に大騒ぎになってその夜は明けたのでした。

その後、御室が御寝所を見回してみると、紅《くれない》の薄様《うすよう》（薄い紙）を二枚重ねにしたものを引き裂いて、枕元に立てた小屏風に張り付けてあります。そこには三河の筆跡でこうありました。

「探して下さるような君でしたら告げたいものです。私が入ってしまった山の名を」

（〝尋《たづ》ぬべき君ならませば告げてまし入りぬる山の名をばそれとも〟）

御室が昔の寵童に心を移したことを見て、こんな歌を詠んだのでした。三河は高野《こうや》山《さん》にのぼり、法師になってしまったということです（巻第八）。

ちなみに平重盛《しげもり》の子に当たる資盛《すけもり》（清盛の孫）は、『愚管抄』によると後白河院に可愛がられて威勢があったため、平家が劣勢になって都落ちする際、院の御意を伺おうと……つまりは院に助けてもらおうとして、清盛の弟の頼盛《よりもり》と共に、比叡山《ひえいざん》に行幸中の院を訪ねました。頼盛は、清盛に殺されるはずの源頼朝《よりとも》の命を救った池禅尼《いけのぜんに》の生んだ子です。いわば頼朝の命の恩人の息子である上、院の異母妹の八条院《はちじょういん》に仕える女房を妻にしており、縁故がありました。案の定、院から八条院のもとへ行くようおことばがあり、女院にかくまわれることになるものの（もっとも『平家物語』巻第七「一門都落」によると女院はそっけない対応をしたとされています）、資盛に関しては、院に取り次ぐ者もなく、お返事すらもらえずじまいとなった。そのため、一門と共に都を落ちていくことになったのでした（『愚管抄』巻第五）。

稚児の心得と苦労

さて、覚性法親王と稚児たちのエピソードのところで登場した甥の守覚法親王ですが、彼の記した『右記《うき》』という著作には稚児の心得などが書かれています。

そこには、早起きし、まず盥《たらい》で口をすすぐべしといった基本的な生活習慣から、落飾（剃髪）は十七もしくは十九と定むべし、とあります。

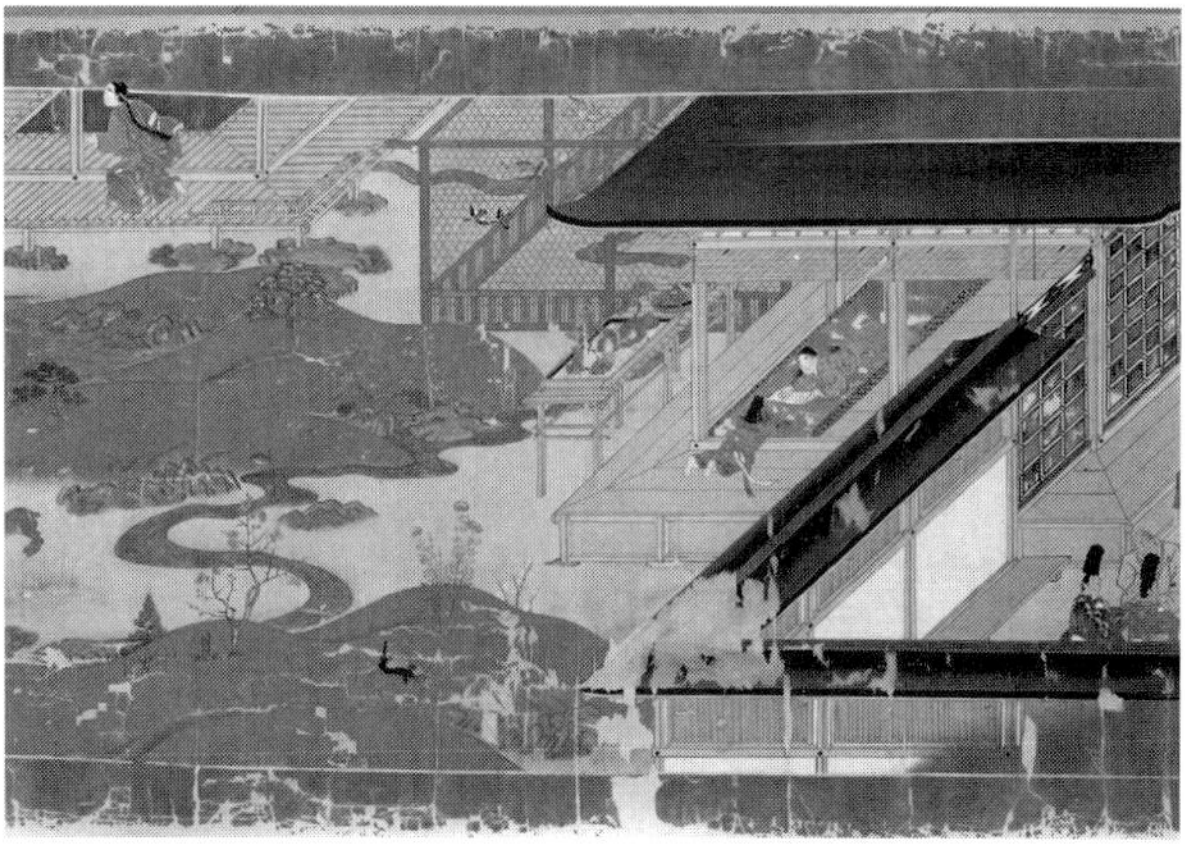

図1：『春日権現験記絵（模本）』（部分、東京国立博物館）／
Image : TNM Image Archives

〝翠黛之貌、紅粉之粧、僅四五年之間也〟ともあって、剃髪して出家するまでのあいだ、要するに〝童形〟でいるあいだはわずか四、五年であると。

だから寸暇を惜しんで勉学に励むようにというのですが……。

気になるのは〝翠黛之貌、紅粉之粧〟という表現です。これは稚児が美しい眉を描き、紅《べに》や白粉《おしろい》といった化粧をしているということで、鎌倉時代の『春日権現験記絵《かすがごんげんげんきえ》』などに描かれる美少女と変わらぬ稚児の姿を裏づけています（図1）。

そもそも当時の上流階級は化粧をしていて、武士でも貴族化していた平家の公達《きんだち》はお歯黒もしていました。『平家物語』には、清盛の弟の忠度《ただのり》が源氏方に見つかった時、源氏の味方のふりをしたものの、振り仰いだ内甲《うちかぶと》（甲の内側）から、〝かね黒《ぐろ》〟（お歯黒を付けていた）なのが見えたので、平家方であることがばれて討たれてしまったという記述があります（巻第九「忠度最期」）。

次項で紹介する清盛の甥で、絶世の美少年である敦盛《あつもり》も、〝薄化粧《うすげしやう》して、かね黒なり〟という姿でした（巻第九「敦盛最期」）。

稚児もこうした上流男性のように化粧をしていた。

髪型も『春日権現験記絵』や鎌倉時代の作と言われる『稚児草子』を見ると、女のように長い髪を伸ばしながら、肩のあたりで結うという、両性具有的な姿をしていたわけです。

そんな稚児には色々な苦労があったらしきことが、『稚児草子』からは浮き彫りになっています。

そこには、年を取ってモノが弱くなった老貴僧のために、乳母子《めのとご》の協力を得て、丁字などの油を潤滑油とし、大きな張形を〝後門〟へ入れ、モノが入りやすくなるよう、肛門を拡大するなど励む稚児がいる。また、高僧に愛されながら、自分に思いをかける別の僧とも関係ができ、彼を高僧の御前近くに宿直させて、高僧のほうを向いて添い寝しながら、お尻は宿直の僧のほうに向けて好きにさせていた稚児。さらには、貴僧の寵愛を受けながら、塗籠《ぬりごめ》（ウォークインクローゼットのような四方を壁に囲まれた納戸的な部屋）に潜んでいた僧にいきなり腰をつかまれ、尻をまくられ犯されながらも、さりげない風を装っていた稚児……等々、五人の稚児が描かれています。

もちろんフィクションではあるのでしょうが、彼らが身分も年齢も格上の僧侶に仕えながら性的にも支配されていたことに変わりはありません。

平家の公達のような権力者の子弟なら大事にもされるでしょうが、覚性法親王に愛されていた千手や三河の話からは、彼らの地位の不安定さが伝わってきます。ましてそれ以下の身分の、中童子や大童子と呼ばれる童子たちにはつらいことも多々あったでしょう。

寺院向けかどうかは不明なものの、中世には、人身売買の商人が都の者を東国に連れて行ったりした。それは男色相手にすることが目的だという説もあります（牧英正《まきひでまさ》『人身売買』）。

都の少年がブランド品として東国に男色目的で売られていたというのです。

時代は下りますが、先述の『醒睡笑』にはこんな話があります。若い僧が一夜の宿を借りたところ、同じ座敷に寝ていた十一、二歳の〝少人《せうにん》〟が、亥《い》の時ばかり（午後十一時ころ）に、

「ママ、ママ、尻に火がついた」（〝母《かか》よ母よ、尻に火が付いたは〟）

と何度も呼んだ。様子を見に行った母は、

「心配ないよ。お坊様の〝せい〟（精液）が入って消して下さったよ」（〝大事もないぞ。お坊主様のせいがいつて消して給はつたは〟）

と言い、

〝人はただ十二三より十五六盛り過ぐれば花に山風〟

と、話は締めくくられます（巻之六「若道《にやくどう》知らず」）。

この話によれば、男色相手の旬は十二、三歳から十五、六歳で、しかもこの少年はこれから寺に入る予定なのでしょうか、親公認で僧に犯されています。

男色のこうした「負」の側面、児童虐待的な要素については乃至政彦の『戦国武将と男色――知られざる「武家衆道」の盛衰史』に詳しいので、興味のある方は一読することをお勧めします。

11

『平家物語』のにおわせBL

「におわせ」は日本文化の伝統的手法

ひところ「におわせ」というのが話題になりましたよね。

誰々とつき合っているとは明言できない有名人が、同じく有名人である恋人の帽子をなぜか身につけた写真や、相手からもらったプレゼントなどをSNSにチラ見せしたり、食器等で相手が一緒にいるような気配を漂わせたりすることで、「自分たちは交際している」ということを暗にアピールする手法です。

バレちゃ困るけど、知ってほしい。とくに恋のライバルなんかがいる場合、そのライバルにだけ分かるやり方で自分の優位をアピールしたい。

そんな心理が働いている。

そこには「公言できない」事情が前提にあるわけですが、同時に、分かる人にだけ分かってほしいという心理、それでいながらダイレクトには表現したくないという一種の奥ゆかしさが漂っています（「におわせ」芸能人は攻撃されがちなので、奥ゆかしいとの意見には反論もあるでしょうけれど）。

いわば狭い世界だけの符牒《ふちよう》というか合言葉のようなものでもある「におわせ」は、実は日本文化の特徴でもあって、たとえば『源氏物語』ではセックスしてもはっきりとは書かず、「鶏が鳴く」ということで男女が一夜を過ごしたことを表現したり、和歌の一節を引用し、言外に気持ちを表現したりということがたくさんあります。

何百年も千年も残る大古典はとくにこうした傾向があって、『平家物語』にもダイレクトに男色は描かれてはいないものの、読む人が読めば「これって男色なのでは？」もしくは「男色のにおいしかしない」と思えるような表現が実に多いんです。

ざっと挙げると、木曽《きその》（源）義仲《よしなか》と乳母子の今井四郎兼平《いまいのしろうかねひら》、平敦盛と敵方の熊谷《くまがえの》次郎直実《じろうなおざね》（振り仮名は『平家物語』による）、六代御前《ろくだいごぜん》と文覚《もんがく》……皆、ダイレクトな男色描写はないものの、男色的なトーンが感じられるのです。

木曽義仲と今井兼平

木曽義仲は頼朝や義経《よしつね》のいとこに当たり、平家打倒に大変な働きをしましたが、『平家物語』では狩衣《かりぎぬ》姿が不格好で、乗り馴れぬ牛車で醜態を見せるなど、田舎者ぶりが滑稽に描かれます。けれど、その最期の描写は教科書にも載るような格調高いものです。

義仲は頼朝と対立、義経軍に追われる身となって最期の戦に突入。

その時、義仲の頭にあったのは、乳母子の今井四郎兼平のことでした。

「こんなことになると知ってさえいたら、今井を勢田《せた》へはやらなかったのに。幼少竹馬のころから〝死なば一所《いっしょ》で死なん〟と契っていたものを、別々に討たれるかもしれないのが悲しい。今井の行方を聞きたい」

それぱかりが気に掛かって仕方ない。そのうち主従七騎になっても討たれなかったのが有名な女大将、巴《ともえ》です。『平家物語』の異本の『源平盛衰記《げんぺいせいすいき》』によると兼平は巴の兄弟なのですが、義仲や巴が勢田のほうへ落ち行くうちに、離ればなれになっていた兼平と、大津の打出《うちで》の浜《はま》で行き会ったではありませんか。

義仲と兼平は互いに馬を早めて寄り合って、義仲が兼平の〝手をとッて〟、

「この義仲、六条河原《ろくじようかわら》で最期を遂げるつもりだったのだが、そなたの行方が恋しくて、多くの敵を駆け割ってここまで逃れて来たのだ」（〝義仲六条河原でいかにもなるべかりつれども、なんぢがゆくゑの恋しさに、おほくの敵《かたき》の中をかけわッて、これまではのがれたるなり〟）

と言うと、

「兼平も勢田で討ち死にすべきでございましたが、御行方が気になって、ここまで参ってございます」（〝兼平も勢田で打死《うちじに》仕るべう候ひつれども、御ゆくゑのおぼつかなさに、これまで参ッて候〟）

「一緒に死のうという約束はまだ朽ちていなかったんだね」（〝契《ちぎり》はいまだくちせざりけり〟）

と、義仲は盛り上がる一方で、それまでの戦では真っ先に〝一方《いっぽう》の大将〟を任せていた女武者巴に対しては、主従五騎になったところで、

「お前はとっとと女なのだから、どこへでも行け」（〝おのれは、とう〳〵、女なれば、いづちへもゆけ〟）

と落ち延びるよう無理強いする。

こうして男同士の主従二騎になって、義仲は兼平のことが気になって振り向いたと

ころを討たれ、兼平はあとを追って自害してしまうのです（巻第九「木曽最期」）。

しかも、

「日ごろは何とも感じなかった鎧が今日は重くなったなぁ」（〝日来《ひごろ》はなにともおぼえぬ鎧が今日は重うなッたるぞや〟）

という兼平に対する義仲のセリフは『源平盛衰記』にもあるものの、同書では、義仲は巴に対しても、

「日ごろは何とも思わぬ鎧の薄金が肩を引っ張るように感じる」（〝日頃は何とも思はぬ薄金が、肩を引いて思ふなり〟）

と弱音を吐いている。

一方の『平家物語』では、義仲が弱音を吐くのは兼平に対してだけで、『源平盛衰記』にはある巴が義仲の〝妾〟という記述もありません。

つまり義仲と兼平だけの濃密な世界を構築しているわけで、『平家物語』が意図的に男同士の絆を強調していることが分かるのです。

平敦盛と熊谷直実

敦盛と熊谷直実の話については今さら説明の必要もないでしょうが、軽く触れると、源氏方の直実が、

「ああ、良さげな大将軍と取っ組みたい」（〝あッぱれ、よからう大将軍にくまばや〟）

と敵を物色していると、いかにも豪華な武具に身を包み、立派な馬に乗った武者が一騎、救援に来た平家の舟をめがけて海に馬を打ち入れて、泳がせています。

「あなたは大将軍とお見受け致した。卑怯にも敵に後ろをお見せになるのか。引き返しなされ」

と扇で招くと、その武者は素直に引き返してきた。波打ち際に上がろうとするところに馬を並べてむずと組み、どうと落ちたのを取って押さえて、首を斬ろうと甲《かぶと》を押し上げて見ると、

〝年十六七ばかりなるが、薄化粧して、かね黒なり〟

年は十六、七で我が子と同じくらい。薄化粧してお歯黒を付けている。当時の上流貴族や平家の公達は男も化粧をしており、源氏方には化粧をする者はいません。間違いなく平家の公達で、しかも、

〝容顔《ようがん》まことに美麗なり〟

という絶世の美少年でした。

直実は何とか助けたいと思いましたが、味方である源氏の者たちが迫ってきたので、「他の者の手にかけるよりは」と泣く泣く首を取り、これを機に出家するのでした（巻第九「敦盛最期」）。

直実は敦盛の父親ほどの年齢ですから、まさに「おっさんずラブ」を地で行っています。

『平家物語』で最もＢＬっぽいシーンと言えるでしょう。

六代御前と文覚

平家の嫡流である六代御前が助けられるいきさつもＢＬ風味というか、男色の香りが漂っています。

壇《だん》ノ浦《うら》合戦後、北条《ほうじょう》氏は平家の生き残りを探し、「見つけた者には望み通りの物を与える」と公表していた。そのため、京都の者どもは、下臈《げろう》の子であっても、色が白くて見た目が良い者を「これは何々の中将殿の若君」「何々の少将のお子様」と言って密告し、幼い子は水に入れたり土に埋めたり、少し大きい子は押し殺したり刺し殺したりされていました。

中でも平維盛《これもり》の子の六代御前は平家の嫡流中の嫡流である上、年も大きいようだということで、なんとしても捕まえようと北条氏は躍起になって探していた。

そしてとうとう見つけ出して六波羅《ろくはら》に連行するのですが、この六代が十二歳ながら通常の十四、五歳の子よりも大人っぽく、髪の掛かり具合から姿・人柄まで、実に品があって愛らしい。

〝此世の人とも見え給はず〟

という、人間離れした美少年でした。

さすがの北条氏や武士どもも同情する中、六代の乳母はじっとしていられず、泣き歩いていると、「高雄《たかお》にいる文覚という法師が鎌倉殿（源頼朝）に大変大事に思われている」と申す人がいた。そこで、たった一人で文覚のもとに行き、

「若君を御弟子にしてください」

と泣き叫んで懇願します。

かくて六波羅に向かった文覚は、自分を見て涙ぐむ六代に、胸をずきゅんと射貫か

れたのでしょう。

「たとえ後々、どんな仇《あだ》やカタキになろうとも、なんでこの人を死なせることができようか」（〝たとひすゑの世にいかなるあた敵になるとも、いかが是を失ひ奉るべき〟）と〝かなしう〟（愛しく悲しく）思い、その足で京を出立。鎌倉の頼朝に助命の許可をもらいます。約束の二十日後ぎりぎり、六代が斬られる寸前に、月毛の馬に鞭打って、頼朝の命令書を持参して僧が現れたので、北条方も、

〝皆悦《よろこび》の涙をぞながしける〟

ということになり、文覚自身もつっと出てきて六代を乞い受けるのでした（巻第十二「六代」）。

文覚は『源平盛衰記』によれば、いとこで人妻の袈裟《けさ》御前に横恋慕してストーカーしたあげく、夫に危害が及ぶことを恐れた袈裟御前が身代わりになっているとも知らず、その首を斬り落とした人殺しです。それを機に出家したという過激な経歴の持ち主でした（巻第十九「文覚発心の事　附東帰節女の事」）。

また、〝長《たけ》七尺ばかり〟という二メートルを超す〝大法師〟と呼ばれる大男でもあ

りました（巻第十八「文覚高雄勧進　附仙洞管絃並文覚流罪の事」）。

これらのエピソードは『平家物語』には記されないものの、当時の読者にとっては周知のことです。

荒法師の文覚と、絶世の美少年六代という取り合わせは、後世の文芸に描かれた弁慶と牛若丸（義経）のそれを彷彿させて、エロチックです。

文覚の弟子となった六代は、間違いなく男色の相手をさせられるんだろうな……『平家物語』の読者や聞き手はそんな妄想をふくらませたに違いありません。

このように九死に一生を得た六代でしたが——頼朝死後、文覚が八十を過ぎた高齢で隠岐国《おきのくに》（『平家物語』）に流されると、六代は捕らえられ、ついには斬られることになります。その時、六代は三十過ぎ。これをもって、

〝平家の子孫は、ながくたえにけれ〟

と、『平家物語』巻第十二は締めくくられます（「六代被斬」）。

『平家物語』の原形はここで終わりで、続く「灌頂巻《かんじょうのまき》」はのちに付け足されたものではないかといいます（『日本古典文学全集　平家物語　二』解説）。

BLの王道、義経と弁慶

ところで先に、文覚と六代の関係を、後世の文芸に描かれた弁慶と牛若丸（義経）のそれを彷彿させると書きましたが、実は義経（一一五九～一一八九）は、義経の生きた平安末期から直後の鎌倉初期にかけての記録には美男だったという記述はありません。それどころか『平家物語』には、

「木曽義仲などと違って格別に都会馴れしているものの、平家の中の〝えりくづ〟（残りカス）よりもさらに劣っている」（〝木曽なンどには似ず、以ての外に京なれてありしかども、平家のなかのえりくづよりもなほおとれり〟）（巻第十「大嘗会之沙汰《だいじょうえ》」）

「色白で背が低く、前歯がとくに出ているのですぐ分かるらしい」（〝色白うせいちいさきが、むかばのことにさしいでてしるかんなるぞ〟）（巻第十一「鶏合《とりあわせ》　壇浦合戦」）

とあって、『平治物語』にも、

「亡き義朝はいい男だったが、その子息の義経は〝似わろく〟」（下「牛若奥州《おうしゅう》下りの事」）

とあります。親はイケメンでも本人はそうでもなかったようなのです。

それが、義経を平家打倒に利用した鎌倉政権が滅んで室町時代になると、〝これほ

ど美しき稚児〟〝楊貴妃《やうきひ》とも謂《い》ひつべし〟（『義経記《ぎけいき》』巻第二）という絶世の美女にもたとえられる美少年となり、弁慶との対決では女房装束に身を包み（巻第三）、弁慶を魅了しながら打ち負かすという御曹司像が確立します。

そこには「判官贔屓《ほうがん》」というか、悲劇を語るにも美しいほうが同情できるという残酷な事実と、美男がつらい目に遭うところを見たいという人間の欲望ゆえの美化が垣間見えますが……。

女っぽい（多くは小柄な）美少年が雄々しい大男に一泡吹かせたり打ち勝ったりするというパターンは、日本神話のオホナムチとスクナビコナのコンビ（↓第一章2）や、女装してクマソタケル兄弟を打ち倒したヤマトタケルノ命（↓第一章4）以来の一つの「伝統」です。

そしてこの伝統は、今のBLの王道につながっています。

BLマンガを見ていると、男っぽいイケメンと女っぽいイケメンの組み合わせが多いものです。

それは前近代の男色界における、年長の「念者」と年少の「若衆」という組み合わせとも重なっている。

『平家物語』の世界で言えば、大法師の文覚と美しき貴種である六代御前、おっさん武将の熊谷直実とお歯黒・化粧を施した高貴な美少年敦盛のコンビもこの系譜上にあって、さらに創作の世界の御曹司義経と弁慶の取り合わせもまたそこに連なっている。

このへんになると、もはや史実かそうでないかはどうでも良くなっているんです。それで、実在の人物である平維盛がフィクションの『源氏物語』の源氏（光源氏）にたとえられたりもする。

虚実の境目の薄いのが美男というもの

維盛（一一五八～一一八四）は六代御前の父で、義経とほぼ同世代。そんな彼は、当時の人々の日記や歌集によると超絶イケメンで、『愚管抄』の著者慈円の兄に当たる九条兼実《くじょうかねざね》の日記『玉葉《ぎょくよう》』には、

〝衆人之中、容顔第一〟（承安《しょうあん》五年五月二十七日条）

と記されるイケメンナンバーワンでした。

弟の資盛（『愚管抄』によると後白河院の〝オボヱ〟――お気に入りでした）の恋人の建礼《けんれい》

門院《もんいん》右《う》京大夫《きょうのだいぶ》は、

「ずば抜けて美しかった容姿と心遣いは本当に昔も今も見たことがない」（〝際《きは》ことにありがたかりし容貌《かたち》用意、まことに昔今見る中に、例《ためし》もなかりしぞかし〟）

と言い、後白河院の五十の賀で青海波《せいがいは》を舞った折は、

〝光源氏の例《ためし》も思ひ出でらるる〟

と人々が言った、と書き記しています（『建礼門院右京大夫集』）。

フィクションの人物である源氏が、実在の人物の美の形容に使われているのです。

このように、美男・美少年というものは物語的というか、史実と創作の壁がとっても薄い。

実在の人物であっても、「美少年」と形容したとたんに、「物語」が始まっている。

とりわけ「悲劇」と美男の相性は良い。

美少女にも見まがう中性的な魅力で敵をたらし込めて倒した日本神話のヤマトタケルも、父天皇に命ぜられて遠征した先で若くして客死したという「悲劇性」が、その美を際立たせています。

維盛も、平家零落の中、戦線を離脱し、二十七歳の若さで自殺してしまったこと、

しかも清盛の嫡孫であるという貴種性が、ますますその美を忘れ得ぬものにしたのでしょう。

逆に、悲劇性や貴種性が極まれば、史実が曲げられ、美しくアレンジされるという例が、義経ではないでしょうか。

彼らは史実と虚構の壁の薄い『義経記』や『平家物語』や『古事記』といった文芸の中で、文覚、弁慶、直実、クマソタケルといった雄々しい男を相手役として、ＢＬの香りを「におわせ」ながら、我々の妄想をかき立て続けてくれるのです。

第四章

室町・戦国時代の男色

稚児愛から芸能人愛へ

12

BLの権化、世阿弥

世阿弥は義満の愛人ではない？

世阿弥《ぜあみ》（一三六三〜一四四三？）といえば三代室町将軍足利義満《あしかがよしみつ》（一三五八〜一四〇八）の愛人というイメージがあります。

世阿弥著の『風姿花伝《ふうしかでん》』が載った手持ちの日本古典文学全集の解説にも、

「世阿弥に対する義満の寵愛は異常なほど」（表章《おもてあきら》「能楽論集」解説、『連歌論集　能楽論集　俳論集』所収）

とあります。

が、乃至政彦は「寵愛なる表現には、性的な意味に結びつけたくなる引力がある。だが史料上、これらの誘惑的な字句を見つけたとしても冷めた目で読み直してみるべきであろう」として、

「世阿弥の『寵愛』もお気に入りとして贔屓《ひいき》された程度の意味で理解していいのではなかろうか」

と、義満と世阿弥に男色関係があると見なすことに疑問を呈しています（『戦国武将と男色──知られざる「武家衆道」の盛衰史』）。

目からウロコでした。

世阿弥は義満と男色関係にあると思い込んでいた私ですが、そういえば大学時代には、男が男に寵愛されると史料にあっても、単に可愛がっていたというような意味に受け取っていたことを思い出しました。それが卒業後、五味文彦の『院政期社会の研究』（↓第三章8）を読んで、男色がそんなにも政界で盛んに行なわれていたことを知り、かつ、もとより古典文学には男色話が多いことから、そうした話は史実の反映であろうとも思って、すっかり男色脳になっていたのです。

「腐」の元祖──能は有名古典の二次創作

世阿弥が義満と果たして男色関係にあったのか、今となっては確実なことは分かりません（あとで触れるように私は男色関係はあったと思っていますが）。

けれど現代目線で見ると、世阿弥がBLの権化、塊とも言える存在であるのは確かだと思うのです。

第一に世阿弥は美少年です。

二条良基《にじようよしもと》は、書状で少年時代の世阿弥の美少年ぶりを絶賛しています。一部を訳すと、

「藤若《ふじわか》を、暇があれば、もう一度連れて来て下さい。先日は麗しく、心も上の空になりました。自身の芸能である猿楽は申すまでもなく、鞠や連歌などさえ堪能であるのはただ者ではありません。何よりもまた、姿形や雰囲気が〝ほけ〳〵〟として、しかもけなげなのです。このような〝名童〟がいたとは思いませんでした」（今泉淑夫《いまいずみよしお》『世阿弥』所載の「自二条殿被遣尊勝院御消息詞」を一部、訳した）

と言って、『源氏物語』の紫の上や楊貴妃という美女を引き合いに絶賛しています。

もっともこの書状には偽書説があって、さらにその説への反論もあり、今なお「相違するふたつの立場は、同意が成立しがたい」（今泉氏前掲書）と、議論は決着していません。

確実なのは、少年時代の世阿弥が義満とイベントで〝席を同じくし器を伝う〟ほど〝寵愛〟され、大名たちが競って世阿弥にプレゼントをし、その〝費え巨万に及ぶ〟(三条公忠《さんじょうきんただ》『後愚昧記《ごぐまいき》』永和《えいわ》四年六月七日条、原文部分は今泉氏前掲書より引用)と、同時代の貴族の日記に非難がましく記されるほど、時代の寵児であったということです。

もとより世阿弥は人気の芸能人でした。

そして芸能人が権力者の寵愛を受け、囲い者になるというのは、院政期、白拍子《しらびょうし》の名手の静《しずか》が源義経の〝妾〟となって子を生んだことからも浮き彫りになります(『吾妻鏡《あづまかがみ》』文治《ぶんじ》元年十一月十七日条、同文治二年閏七月二十九日条)。

承久《じょうきゅう》の乱も、後鳥羽院《ごとばいん》が亀菊《かめぎく》という〝舞女《ぶじょ》〟を寵愛し、与えようとした土地が北条義時《ほうじょうよしとき》のものだったため、その所有を巡る争いが発端と伝えられています(『承久記』上)。

世阿弥はその男版だと思うのです。

院政期、仏教界や貴族社会、上流武家の世界で男色が盛んであったことを思うと、皇族や貴族とも深い関わりのある義満が、芸能人と性的関係があっても不思議はない——たとえそれが男であっても——と思うのです。

世阿弥がＢＬの権化と思う理由の第二は、彼が、ＢＬものに多い二次創作の開拓者であるからです。

世阿弥は日本の有名古典を題材に謡曲をたくさん作っています。『源氏物語』の六条《ろくじょうの》御息所《みやすどころ》と葵《あおい》の上《うえ》の車争いをもとに「葵上」を作り、『平家物語』や『源平盛衰記』を素材に「敦盛」「忠度」を作る。

これって「二次創作」ですよね。

井原西鶴が『源氏物語』をもとにスケベ男がハチャメチャやる『好色一代男《こうしょくいちだいおとこ》』を作ったり、今の人が山岸凉子先生の『日出処の天子』をネタに厩戸《うまやどの》王子（聖徳太子）と蘇我毛人《そがのえみし》（蝦夷）の濡れ場をマンガに描いたり、ガンダムをもとにエッチなマンガを作ったりするのと変わらない……というと語弊はありますが、昔の作品をもとにそこからキャラクターを抽出し、妄想力を働かせ、まったく新しい作品を作るというのは、いわゆる「キャラ萌え」と言えるのではないか。

そして『古今著聞集』巻第八や『十訓抄《じっきんしょう》』などに見られる養老《ようろう》の滝伝説（元正《げんしょう》天皇の御時、貧しい孝行者が酒の湧く滝を発見、老父を養い、美濃守《みののかみ》に出世する）をもとに作られた「養老」などは、物語の世界観を重視した「物語萌え」ではないか。

現代では誰もが普通に受け入れている、有名作品を題材に二次創作をするという営み。その本格的な元祖が世阿弥であって、いわば世阿弥は、妄想力に優れた「腐」の元祖と言えると思うのです。

権力者と芸能人と男色

世阿弥がBLの権化と思う理由の第三は、彼が男にも女にも変幻自在な芸能人であるということです。

物まね芸を主とした猿楽を、能として大成させた世阿弥は、能楽論『風姿花伝』で、女、老人、直面《ひためん》（素顔の男）、物狂《ものぐるい》、法師、修羅（武人の霊鬼）、神、鬼、唐事《からごと》（唐人の物まね）といった、人や鬼神のまねをするポイントを論じています。

人が鬼神に扮《ふん》するのは太古の昔からあった神楽《かぐら》でも行なわれてきたことですし、男が女、若者が老人、日本人が唐人のまねをするというのもこの時代の猿楽にはあったことなのでしょうが、性や年齢を超えて変身する、演じるという能の特性は、性や年齢の境を薄くして、男同士、女同士の性的関係をより結びやすく導く働きがあるように思います。

江戸時代の歌舞伎役者が、芝居のあとで男にも女にも性を買われていたのも、男をも女をも演じ得る存在だからこそ、どんな性にも応え得る存在に見えていたのではないか。それと同じことが世阿弥にもあったと思うのです。

ここで芸能人と権力者の関係について考えてみたいと思うのですが、芸能人というのは古代から存在し、六四五年、警戒心の強い蘇我入鹿《いるか》を暗殺する際は、中臣鎌子《なかとみのかまこ》(藤原鎌足《かまたり》)が〝俳優《わざをき》〟を使って笑わせてその剣を外させたと『日本書紀』には記されています(皇極《こうぎょく》天皇四年六月十二日)。

しかし彼らが権力者と男色関係にあったという記録はありません。

室町時代、三代将軍義満に愛された世阿弥といい、六代将軍義教《よしのり》に寵愛された世阿弥の甥の音阿弥《おんあみ》といい、権力者と男色関係にあったと思しき(異説もあります)芸能人が出てきたことは、僧侶が稚児を男色相手としたり、貴族や上流武士が男色でつながっていた平安・鎌倉時代とは違う、新たな潮流のようにも見えるのですが……。

実は寺院では、平安後期ころから、法会《ほうえ》後の余興に「延年《えんねん》」と呼ばれる歌舞が催されていました。

この延年が最も盛んになるのは鎌倉時代から室町時代にかけてで、そのころの延年の芸能は、稚児による歌舞と大衆などによる猿楽だったといいます（山路興造《やまじこうぞう》「「延年」という芸能」、『国立劇場第71回民俗芸能公演　民俗芸能にみる延年の舞――平泉と白山の芸能』所収）。

延年は「猿楽の能にも大きな影響を与えた」（『日本古典文学全集　風姿花伝』注）といい、稚児と猿楽芸能人が近い位置にいたことが分かります。

『宇治拾遺物語《うじしゅういものがたり》』にも、一乗寺僧正《いちじょうじのそうじょう》（増誉《ぞうよ》。一〇三二～一一一六）の坊には田楽や猿楽を演ずる者どもがひしめいていた、とあります。僧正は〝呪師《じゅし》小院〟という〝童《わらは》〟を寵愛していた。そして、この童は田植祭の際には男の肩に乗って現れるなどの軽業《かるわざ》をしたり、法会で走りの芸をしたりしていた。僧正はそんな小院を〝余りに寵愛して〟いつまでも手元に置いておくために、無理に出家させた。しかし、ある春雨の日に、小院に昔の装束を着せ、走りの芸をさせると、声を放って泣きながら出家させたことを後悔し、〝装束脱がせて〟障子の内へ連れて入ってしまったといいます（巻第五　九）。

増誉は世阿弥より三百年ほど前の人ですが、ここに描かれる童は芸人でもあり、しかも僧正のもとには童のみならず、猿楽芸人も出入りしていたというのですから、ますます寺の童と芸能人の距離が近かったことが分かります。世阿弥よりあとの尋尊《じんそん》（一四三〇～一五〇八）に至っては、ずばり雑芸能を職能とする中世賤民の子を童として寵愛していたといい（細川涼一《ほそかわりょういち》『逸脱の日本中世』）、仏教界と芸能界は重なり合っていました。

とくに六代将軍義教はもと僧侶で、僧侶時代から音阿弥を庇護していたことを思うと、室町時代の稚児や童と年少の芸能人の距離はかなり近かったのではないでしょうか。

世阿弥の属していた結崎座《ゆうざきざ》といった猿楽の団体も、寺社のイベントに奉仕することが仕事でした。

世阿弥の記した『風姿花伝』も、

〝それ、中楽《さるがく》（猿楽）延年の事わざ、その源を尋ぬるに、あるいは仏在所より起り、あるいは神代《かみよ》より伝はるといへども〟

という一文から始まっています。

芸能人は寺社にきわめて近い位置にあったわけで、仏教界で芸ある童が高僧の男色相手になっていたことを思うと、義満や義教といった貴族社会や仏教界に近い上流武士が芸能人と男色関係にあったとしても、不思議はないと思うのです。

室町時代の猿楽役者はK-POPのスターと同じ

あらゆる意味でBLの権化、BLの王と言える世阿弥ですが、パトロンの三代将軍義満死後は不遇となり、永享《えいきょう》六（一四三四）年、佐渡《さど》に配流となってしまいます。理由については諸説ありますが、当時の六代将軍義教の暴君ぶりは有名で、同時代の後《ご》崇光院《すこういん》は、義教の恐怖政治を、

〝薄氷を履《ふ》むの儀、恐怖千万〟（横井《よこい》清《きよし》『室町時代の一皇族の生涯――『看聞《かんもん》日記』の世界』より）

と日記に記しています。

暴君の気まぐれな怒りによって、流罪にあったというのが真相に近いのではないでしょうか。

そんな逆境下、世阿弥が配流先でもなお作品作りに励んだり、娘婿の金春禅竹《こんぱるぜんちく》にアドバイスをしたりしていたことは拙著『昔話はなぜ、お爺さんとお婆さんが主役なのか』『くそじじいとくそばばあの日本史』で紹介したので、繰り返しません。

ここでは彼がいかに不世出の書き手でスターであったか、当時の猿楽や田楽というものがいかに熱狂的に受け入れられていたかを浮き彫りにする『太平記《たいへいき》』の猿楽の描写に触れましょう。

それによると、八、九歳の小童《こわらわ》に猿の面をかぶせ、御幣《ごへい》を差し上げ、赤地の金襴の上着に、虎皮の靴というド派手ないでたちをさせる。その小童が、

〝高欄《かうらん》に飛び上《あが》り、左へ回り右へめぐり、はね返つては上りたる〟

というアクロバティックな動きをする。その姿は、

〝まことにこの世の者とは見えず〟

という有様で、見物人は、

〝あらおもしろや、堪へがたや〟

とわめき叫んで熱狂、それで桟敷《さじき》が傾き倒れてしまい、人々が死傷するという大事故につながるという騒ぎとなります（巻第二十七）。

ド派手な衣装でバク転したり、パフォーマンスをしたりする美少年に、キャーキャー騒いだ観客の重みで、客席が破壊されてしまったのです。

この描写を見ただけで、当時の猿楽（能）が今の能狂言とはまったくの別物ということが分かります。

私の若いころなら「ジャニーズ」タレントといったところでしょうが、今の人にはK-POPスターのライブと言ったほうがピンとくるかもしれません。そうした場に世阿弥的な美少年アイドルが登場するわけですから、当時の人にとってどれほど強烈なエンタテインメントであったか想像できます。

世阿弥は『風姿花伝』などの歌論書で、五十歳以上になった芸能人の身の処し方や、重大なイベントでライバルの芸能人と勝負する時の戦略等を記しています。それは、当時の猿楽がこのように大衆的なエンタメで、かつ、将軍などの貴人の庇護——今でいえば有力企業にスポンサードされること——が不可欠であったと考えれば合点がいきます。猿楽は、きわめて商業的な要素の強いエンタメだったわけです。

世阿弥の歌論書は元美少年アイドルの生き残り戦略として読むことができると思うゆえんです。

13

常態化する戦国時代の男色

嘉吉の変も男色絡み？

乃至政彦は、世阿弥と将軍義満に必ずしも性的関係があったととらえる必要はない、義満は紅葉狩りなどのイベントに稚児を伴いもしたが、そこに「性愛があった証跡がなく」、美しい使用人を大勢所有していることをアピールした、いわば「義満が誇る、移動式メイド喫茶（稚児喫茶？）」というものであったとしています（『戦国武将と男色――知られざる「武家衆道」の盛衰史』）。

こうした意見とは反対に、

「断言しますが、足利将軍家は、初代尊氏《たかうじ》から一五代義昭《よしあき》まで幼少で亡くなった将軍を除いて、ほぼほぼ男色家です」

とするのが山口志穂《やまぐちしほ》です（『オカマの日本史――禁忌《タブー》なき皇紀2681年の真実』）。

全員かどうかはともかく、有名なのが義満の子の四代将軍義持《よしもち》です。

義持に謁見した朝鮮人の宋希璟《そうきけい》は、

「日本の王（義持）は最も少年を好み、選んで御所に入れており、妻妾がたくさんいるにもかかわらず、少年を熱愛している。国人はこれに倣って、少年を好んでいる。日本の風土はこんな感じである。そのため聞いてここに記しておく」（〝其の王尤も少年を好み、択びて宮中に入らしめ、宮妾多しと雖《いえど》も尤も少年を酷愛するなり。国人これに効《なら》うこと、皆王の少年を好むが如し。其の土風此《かく》の如し。故に聞きてここに記す〟）（『老松堂日本行録《ろうしょうどうにほんこうろく》』）

と、義持が少年と男色関係にあったことを報告しています。『嘉吉記《かきつき》』にも、赤松持貞《あかまつもちさだ》が、〝男色ノ寵ニヨツテ〟備前《びぜん》、播磨、美作《みまさか》の三国を賜ったことが記されている。

これに危機感を覚えた一族の赤松満祐《みつすけ》は、諸大名と結託して訴訟に持ち込んだので、義持はやむなく持貞に切腹を命じます。しかし義持はそうは命じたものの、満祐を憎んだので、満祐は義持の怒りを恐れ出家して、自家に火を放ち播磨へ逃走。翌年正月、義持が死に、義持の弟義教が新将軍になると、満祐は上洛し、備前・播磨・美作の三国は満祐父子が得ることになるのですが……。

六代将軍義教は、もともと僧侶だけあって男色の世界には馴染んでいたのでしょう。

〝赤松伊豆守貞村男色ノ寵比類ナシ〟（『嘉吉記』）

と、亡き持貞の甥に当たる貞村《さだむら》を寵愛。さらに義教が「赤松家の家督を継ぐべき者はこの人だ」と言って内々に先の三国を貞村に与える御教書《みぎょうしょ》を仰せ下した……そんな噂が立ちます。

これを聞いた満祐父子は「このままではまずい。先んずれば則ち人を制す、後るれば則ち人に制せらると申すこともある」と謀反《むほん》を企て、嘉吉元（一四四一）年、義教をだまして屋敷に招き、殺害するのです（嘉吉の変）。

強い所有意識が働いていれば、格下の家族（父娘）と関係することも有りではないか？

義教は貞村への男色による依怙《えこ》贔屓がきっかけで殺されてしまった形ですが……しかしこれに関しても乃至氏は疑問を呈しています。貞村の娘が義教の側室だったことから、「父娘ともども閨《ねや》で寵愛されていたら、倫理の問題で特筆されようが、そうした形跡がどこにもない」。そのため、義教と貞村の男色関係は『嘉吉記』による「捏造が疑われる」といいます。『嘉吉記』の筆者には赤松氏の惣領を擁護したいという思惑があり、「印象操作を試みた」というのです（前掲書）。

果たして義教と貞村のあいだに男色関係があったのかの真相については「分からない」としか言いようがありません。

が、院政期の貴族は、目下の者を、親子兄弟といった家族まとめて性の対象としていたものです（↓第三章9）。

同じように、室町将軍義教にも赤松氏に対する強い身分意識ゆえの所有意識が働いていたとしたら、父も娘も……というのはあり得ることだと私は思うのですが、いかがでしょう。

室町・戦国武将の男色については乃至氏の『戦国武将と男色――知られざる「武家衆道」の盛衰史』に詳しいので、そちらを読むことをオススメし、ここでは戦国の三大美少年について触れるに留めることにします。

戦国三大美少年

以前、歴史上の美男についての原稿を依頼された際、こんなことを書きました。

美男はいつの時代にも一定数いるけれど、テレビもカメラもない昔は、どんなに美しくても、身分が極端に低かったり、人目につかぬ地方で育ったり、長生きをして美貌の記憶が薄れてしまったりすれば、美形として記録されることはない。美男が美男として人々の心に刻まれ、語り継がれ記録されるには、記録者の耳目に届く身分や立場であることに加え、尋常でないインパクト、物語性がなければならない。日記や歴史物語に記録される美男に短命者が多かったり、悲劇的な人が多かったりするのはそのためである、と(「芸術新潮」二〇二一年六月号)。

その意味で、戦《いくさ》の絶えない世は死傷者も多く、悲劇もあちこちで起こります。そのため最も美男が輩出しやすいのです。

ヤマトタケル、平維盛、源義経(彼が美男とされたのは没後数百年経った室町時代ですが)など、皆、戦乱の世の人たちで、戦国時代には伝説的な美男が三人もいます。

戦国期から江戸初期の武士の逸話集『常山紀談《じょうざんきだん》』によると、不破万作《ふわまんさく》と名越《なごえ》(名《な》古屋《ごや》、名護屋)山三郎《さんざぶろう》と浅香庄次郎《あさかしょうじろう》は、

〝天下に聞えたる美少年〟

でした（巻之十三）。

このうち男色絡みなのは、不破万作（一五七八〜一五九五）です。

彼は、江戸中期の『新著聞集《しんちょもんじゅう》』（一七四九）によれば、関白豊臣秀次《とよとみひでつぐ》御寵愛の〝扈《こ》従《しょう》〟（お供、小姓）で、

〝容顔艶麗にして、ならびなかりし。一度の笑に、百の媚ありとは、実にこの御方にてか有らん〟

という、BLの王道を行く美少年でした。

そんな万作に、一人の武士が礼をすることがたび重なったため、万作が従者に調べさせたところ、西国の武士が上京の折、万作に一目惚れし、せめて顔だけでも拝みたいと主人にいとま乞いして来たのだといいます。

心打たれた万作が、武士の思いに「とても愛情を込めて情けをかけて」（〝いと濃やかに情あらせけり〟）応えてやると、武士は、

「これでこの世の望みも満たされた。もはや生きていても意味はない」

と、腹を十文字に掻き切って海に入水《じゅすい》してしまいます。

なんとも過激な顛末ですが、実は、こうした情け深い美少年像や、男色の恋に死ぬ男というのは、江戸期の男色話のステレオタイプです。

この話の独自性とリアリティは、そのあとにあります。

というのも万作の主人の秀次は秀吉《ひでよし》の養子だったのですが、秀吉に実子の秀頼《ひでより》が生まれると、高野山で自害を命じられ、寵臣たちも殉死を遂げることになります。その際、秀次が「思っていたことがあれば残らず申せ」と言った。すると万作は、主君に隠れての情事の顛末を涙ながらに語ったのです。その話に秀次も袖を絞り、それを宿坊の僧が次の間で聞いていたため、世に漏れたらしいと編者は言います（崇行篇　第五）。

冥土の土産にこんな話を聞かされた秀次も気の毒ですが、どこまでも真正直な万作だからこそ寵愛もひとしおだったのでしょう。

「この人たちは男色を禁じている」と宣教師を笑った日本人

戦国時代の男色については、当時、来日していたキリスト教宣教師たちの複数の証言があります。

一五五二年一月二十九日、ザビエルがヨーロッパのイエズス会員に宛てた書簡にはこんなことが書かれています。

「子供や大人が後についてまわって、私たちをあざ笑い、『この人たちは、私たちが救われるためには、神を拝まなければいけないし、天地万物の創造主のほかに私たちを救える者はいないと言っている人たちだよ』と言い、他の人は、『この人たちは、一人の男は一人の妻しか持ってはならないと説教している人たちだよ』と言い、〔また〕他の人は、『この人たちは男色《なんしょく》の罪を禁じている人たちだ』と言いました。つまり、これらの悪事が彼らのうちにごく普通に行われているために、〔このようにはやしたてるのです〕」（書簡第96　河《こう》野《の》純徳《よしのり》訳『聖フランシスコ・ザビエル全書簡』3　〔　〕などは引用ママ）

当時の日本人は、男色を罪悪視する人を、神に救いを求めて拝む人、一夫一婦を守る人と同列にあざ笑っていたというのです。

逆に言うと、一夫多妻はもちろん、男色をも普通に受け入れていたわけです。

これはけっこう凄いことです。

男色をしている当事者だけでなく、一般人も「男色の何がいけないの？　普通じゃん」というスタンスだったわけで、この時代、男色の裾野は、相当広がっていたことになります。

戦国の笑い話集が裏付ける男色の浸透

もっとも報告者はキリスト教の宣教師ですから、仏教者を悪し様に言うために男色を持ち出している可能性もないとは言えません。

キリスト教では、『旧約聖書』の「創世記《そうせいき》」で、神に滅ぼされたソドムの町は男色の象徴とされ、子作りにつながらないセックスは不自然なものとして罪悪視されていました。

滞日生活三十五年のルイス・フロイスも、日本人の行なっている三大悪事の第二に「男色」を挙げ、

「(修道士)は彼ら(聴衆たち)に、その(罪が)いかに重く汚らわしいかを訓戒し、天地の主なるデウスがこの悪行のために、極度に重い懲罰をこの世で与え給うたことを人々の眼前に思い浮ばせた」(豊後《ぶんご》篇I第三章　松田毅一《まつだきいち》・川崎桃太《かわさきももた》訳『フロイス日本史』6　(　)などは引用ママ)

と、著書『日本史』に記しています。

そこに宣教師なればこその大げさな表現も、あるいはあるかもしれません。が、戦国時代の笑い話集『醒睡笑』にはこれまで紹介してきた男色話（→第三章9、10）のほかにも多くの男色話があって、巻之六には「若道知らず」という項目が立てられ、七話が収められています。これらは、男色について無知な者たちのピント外れの言動が笑われる話で、登場人物は高僧でも貴族でもない、庶民に近い人たちです。しかも、

「ここでは男色が常態で、若道知らずは物知らずの扱いを受けている」（鈴《すず》木《き》棠三《とうぞう》校注『醒睡笑』下）

と言い、戦国時代の日本で男色が広く受け入れられていたからこそ、それを知らない人の言動が「笑い話」になっていることが分かります。

宣教師たちの男色に関する証言は、当時の日本の実態をかなり忠実に反映していた、と思われるのです。

ちなみにフロイスが日本人の行なう三大悪事として挙げた他の二つは、創造主であ

るデウスでなく、木石や無機物を礼拝していること。そして堕胎や子殺しの横行です（前近代の日本での子殺しの多さについては『本当はひどかった昔の日本——古典文学で知るしたたかな日本人』等で紹介しました）。

第五章

江戸時代の男色世界
「両性愛」と「ガチ男色」

14

『男色大鑑』のBL世界

女色あっての男色

見てきたように、昔の日本では男色が受け入れられていました。

それでも平安時代や鎌倉時代くらいまでは仏教界や上流社会に限られていたものが、室町時代になると上級武士が猿楽などの芸能人と男色関係を結び、その気風が下々に波及します。その結果、戦国時代には、宣教師も驚くほど、また男色を知らないためのズレた言動が笑い話になるほど（『醒睡笑』巻之六「若道知らず」→**第四章13**）、男色は世間に浸透していました。

とはいえ、日本の男色は、女色を避ける仏教界で盛んになったという意味で、女色あっての男色です。今の男性同性愛（ゲイ）とは違うことは再三述べてきました。

とくに江戸時代の男色は、井原西鶴の『好色一代男』(一六八二)で、主人公の性体験が、〝五十四歳までたはぶれし女三千七百四十二人、少人《せうじん》のもてあそび七百二十五人〟(巻一)と記され、『西鶴置土産《さいかくおきみやげ》』(一六九三)にも、〝女色・男色、この二色《ふたいろ》に身をなし〟(巻二)とあるように、両性愛がデフォルトです。

有名な『東海道中膝栗毛』の弥次さん喜多さんも男色関係にありながら、妻帯したり、旅先で女にちょっかいを出したりといった設定です(→第五章18)。

そんな中、男色と女色、どちらが優れているかを論じる『田夫物語』や、後出の平賀源内《ひらがげんない》が書いた作品なども出現します。

いずれも裾野が広がったからこその現象で、中には「男色」を全面に掲げた文学もあります。

西鶴の『男色大鑑《なんしょくおおかがみ》』(一六八七)です。

姫君の役者買い

『男色大鑑』は、この世には女色、男色の二つがあるが、

〝男色ほど美なるもてあそびはなき〟

と男色を持ち上げ、

「どちらか一つを選ぶなら、女がどんなに美人で気立てが良くて、若衆がどんなに嫌な感じで鼻ぺちゃでも、男色がいいに決まっている。同列に女道と衆道を論ずるのももったいない」（〝ふたつどりには、その女美人にして心立てよくて、その若衆なるほどいや風《ふう》にして鼻そげにても、ひとつ口にて女道《にょだう》・衆道《しゅだう》を申す事のもつたいなし〟）

と、断然、男色が優れているという態度で話を進めていきます（巻一）。

〝世界一切の男美人なり。女に美人稀なり〟

と、安倍晴明《あべのせいめい》が言い伝えていると称して、出だしからして、甘美な男色話が展開するかと思いきや……。

　男色相手との痴話喧嘩から十六人を相手にした乱闘に及び、切腹を覚悟したものの、ゆるされる美少年（巻一）、殿の寵童ながら念友《ねんゆう》（男色相手）を守るために殿に両手を切り落とされて殺される美《び》少人《しょうじん》（巻二）、嫉妬のあまり男色相手を丸裸にした上、なぶり殺しにした果てに切腹してしまう小姓（巻三）、男色相手の身代わりとなって殺される美児（巻四）、歌舞伎狂言のまねごとをするうち誤って男色相手の首を打ち落としてしまう美童（同）等々、とくに武士の世界の男色をメインに描いた前半には、物騒な話が満載なのには驚かされます。

鍋島《なべしま》家に仕えた山本常朝《やまもとつねとも》の話を聞き書きした『葉隠《はがくれ》』（一七一六ころ）にも、

〝命を捨《すつ》るが衆道の至極（極意）也〟（聞書一）

とあって、武士の男色の世界では、年上の念者と若衆が互いに命を捨てて助け合うことが理想とされていたことが分かります（『葉隠』聞書一には『男色大鑑』巻一の一節も引用されています）。

もっとも『男色大鑑』の巻四には、六十過ぎても一緒に暮らした男同士の話（「詠《なが》めつづけし老木《おいき》の花の頃」）があったり、後半の巻五から巻八は役者や町人の男色話で、事故や自害は目立っても、刃傷沙汰《にんじょうざた》は少なく、現代人が読んでも共感を覚える男色話が多々あります。

じじいになっても男色を貫く二人の話は拙著『くそじじいとくそばばあの日本史　長生きは成功のもと』で紹介したので、そちらを読んで頂くとして……。

BL的に興味深いのが巻六「忍びは男女《なんによ》の床《とこ》違ひ」です。

西鶴の話はルポルタージュ的なものが多く、『男色大鑑』に出てくる歌舞伎役者も実在の人物です。

この話の主役、女形の歌舞伎役者の初代上村吉弥《うえむらきちや》（?～一七二四）もその一人で、彼の出した白粉の店は、吉弥の美貌にあやかりたい女が先を競って白粉を買って帰るという繁盛ぶりでした。そんな吉弥のもとに、

〝舞台姿そのままに参れ〟

と、高貴なお方から使いがくるところから物語が展開します。

吉弥が歌舞伎芝居の果てた夜、迎えの乗り物で出かけると、御門近くになったところで定紋付きの提灯が消され、厳しい番所があった。

そこへ〝恋はむかしになりし女〟つまりは老女が迎えに出て、吉弥の手を取って案内してくれます。

吉弥は心もとなく思いながらも身を任せて行くと、番の者が寝ぼけ声で「女一人」と記帳している。舞台姿のままなので、女に見えたのです。そこを通り過ぎ、並木道を百間（約百八十二メートル）ほど行くとまた中門があって、庭を通って階段を上がり、檜の二枚戸を開けて長廊下を行くと……って、途中少し省略しましたが、要は凄

いお屋敷なんです。

と、女の笑い声や双六のサイコロの音、琴はしめやかに、横笛ははるかに聞こえてくる。浮き浮きと心も落ち着かぬまま、灯りもない大書院を進み、また板敷きの縁に出て、帳《とばり》をいくつもくぐり、絹張りの障子を引き開けて、紅の房の付いた綱を引くと玉の鈴が鳴り、大勢の足音がしどけなく、屛風を倒し、香木の入った箱を蹴飛ばして、「どれ、女形は、吉弥は」（〝どれお山は、吉弥は〟）と、男馴れしていないために珍しげに眺める女たちの様は狂人のよう。上気したと思ったら青ざめて、実にまぁ見苦しいのです。それをお局らしき女が制して吉弥を奥に案内すると、そこには高貴な官女が一人。気圧される吉弥を尻目に、その高貴な女が嬉しそうに酒盛りを始めたところへ、当主が帰ってきます。

吉弥を隠しようもなく、女たちが大勢で送り出したのを、当主が見つけて、〝それは〟と言うので、〝歌舞の女〟と答えると、男主人は、「庶民にはまれな美形だな」（〝地下《ぢげ》には稀なる物〟）と、遠慮もなく戯れかかってくる。そこで吉弥は女形の鬘《かつら》を取って、自分が男であることを示したところ、

「これはますます良い」（〝これなほよし〟）

と、男主人は吉弥を可愛がりはじめ、吉弥は思いがけぬ人と床を共にして一夜を明かしたのでした。

〝妹君《いもとぎみ》〟はさぞがっかりなさったことでしょう、と話は結ばれます。

男女の境がゆるい世界

この話のどこがBL的って、主人公が女形なだけに、男から女への変わり身が変幻自在な上、相手も女（妹君）から男（兄）へと変わり、そのつど読み手の妄想もめまぐるしく移り変わってエロチックな点です。

公家の姫らしき妹君が、〝舞台姿そのままに参れ〟とあえて女姿の吉弥を呼んで、酒宴のあとはしっぽり……といくつもりだった。この時点では、見た目は女同士、レズビアンの体《てい》です。それでいて、体は男と女ですから、男女の交わりが想像できます。

ところがそこへ兄である当主が帰館、女姿の吉弥を女と勘違いして戯れかかります。ここでは見た目は異性愛ですが、吉弥の体は男なので、あわや男色となりかける。

そこで吉弥が女の鬘を外し、男の髪型になって当主の誤解を解こうとしたところ、当主は「ますます良い」と喜んで、二人は一夜を過ごすという、男色の顚末となります。

女と思っていたら男だった……で、終わるのでなく、着物は女姿の女形の吉弥が、髪だけ男姿に戻り、男の当主に愛されるという、男女の境のゆるい状態で、性愛が展開する。

当主は「両性愛」ながら、男色のほうがより好みだったわけです。

ここには、異性愛とか同性愛とか、きっぱり割り切れない、どちらへ転んでもオッケーのゆるい性愛世界がある。

この性の境のあいまいさは、『源氏物語』の源氏が、同性に「女にして見てみたい」と欲情された（↓第一章1）平安中期以来の一つの日本の伝統と言えます。

どんな性にも、どんなシチュエーションにも、時に物同士のあいだにさえ、恋愛関係を発見して妄想するBLは、こうした変幻自在な性の伝統の上に成り立っているのだと改めて痛感させられます。

15

歌舞伎と役者買い

役者買いのはじまり

前項では、公家の姫らしき妹君が歌舞伎役者を屋敷に呼んだものの、結局、兄に取られてしまった『男色大鑑』のエピソードを紹介しました。

いわゆる役者買いで、こうした風習がいつ始まったのかと考える時、『男色大鑑』巻五「命乞ひは三津寺《みつでら》の八幡《はちまん》」が参考になります。同話では、女太夫や女歌舞伎も絶えたあと、塩屋《しおや》九郎右衛門《くろうえもんざ》座に岩井歌之介《いわいうたのすけ》、平井《ひらい》しづまといった末代にもありそうにない美少年がいた、と記されます。そして、

「そのころまでは、歌舞伎役者が昼は舞台をして、夜は客を取るということもなく、昼でも招けば酒盛りをして日を暮らし、熱心に口説けば世間並みの衆道のように、その人と男色関係になっていたが、それを誰も咎《とが》める者はなかった」（〝その頃までは、昼

の芸して夜の勤めといふ事もなく、まねけばたよりて酒事にて暮らし、執心《しふしん》かくれば世間むきの若道《じやくだう》のごとく、その人に念比《ねんごろ》すれども、誰とがむる事もなし》

と言います。

『新編日本古典文学全集』の注には、

「色茶屋で揚代を取って夜の勤めをするようになったのは、承応《じょうおう》以後の野郎歌舞伎時代にはいってからである」

と言い、昼は歌舞伎、夜は客を取るということが常態になったのは承応年間（一六五二〜一六五五）以後のこととされています。

ここで歌舞伎の歴史をおさらいすると、はじめに女歌舞伎が発生し、やがて風紀を乱すというので禁止され、並行して行なわれていた少年による若衆歌舞伎が盛んになり、これも風紀を乱すからと禁止され、前髪のある若衆でなく、前髪を剃った野郎頭の野郎歌舞伎という今の形になったのが承応元（一六五二）年以降です。ちなみに女歌舞伎の禁止によって「若衆歌舞伎」が始まったと説明されることが多いのですが、実は少年による「かぶき踊り」は女歌舞伎の発生期と同時代から行なわれていたため、

「この説明は正確さを欠くものとして、現在ではとられていない」（武井協三《たけいきようぞう》「若衆歌舞伎・野郎歌舞伎」、岩波講座『歌舞伎・文楽』第2巻所収）そうです。

また、女歌舞伎を始めた出雲阿国《いずものおくに》と、『常山紀談』で戦国三大美少年の一人に数えられる名越（名古屋、名護屋）山三郎（↓第四章13）は、夫婦として共に歌舞伎を始めたという伝説の持ち主です（歌舞伎学会編『歌舞伎の歴史——新しい視点と展望』）。

いずれにしても、役者の夜の勤めが常態化するのは若衆歌舞伎から野郎歌舞伎に移り変わってからで、若衆歌舞伎のころは、執心すれば世の常の男色のように欲得を離れてねんごろになっても誰にも咎められなかった、というわけです。

といっても、若衆歌舞伎の時に役者が性を売っていなかったわけではなく、武井氏によれば、むしろ若衆歌舞伎のほうが「男色を売りもの」にしており、

「野郎歌舞伎以後、『容色』から『技芸』へと、芸の重点が移っていく。売色のためその美しい容姿を舞踊によって展観するのが、若衆歌舞伎までの舞台の大きな意味であった」（武井氏前掲論文）

と言います。

しかしだからといって役者の売笑はなくならず、夜の仕事としてきっちりカネを取

るというふうに、商業的かつシステマチックになったということなのでしょう。
「少なくとも元禄《げんろく》期までの歌舞伎界においては、若女方《わかおんながた》・若衆方など、若くて美貌の歌舞伎若衆は、早朝から夕刻までは舞台を勤め、夜は茶屋で客の求めに応じて男色の相手をする、というのがしきたりであった」（暉峻康隆《てるおかやすたか》『新編日本古典文学全集　井原西鶴集　二』解説）
承応年間以後、元禄年間、少なくとも一六五二年から一七〇四年までのあいだ、歌舞伎役者は夜の勤めをしていたわけです。
もちろん「命乞ひは三津寺の八幡」の言うように、承応年間以前にも若衆がゆるい感じで客と遊ぶことはあった上（そもそも風紀を乱すというので若衆歌舞伎が禁じられたくらいなので）、元禄以後も個々に客の求めに応じてはいたでしょうから、実際には役者買いというのはもっと長い期間行なわれていたわけです。

異なる性を演じるエロス

先に私は、「性や年齢を超えて変身する、演じるという能の特性は、性や年齢の境を薄くして、男同士、女同士の性的関係をより結びやすく導く働きがあるように思います。江戸時代の歌舞伎役者が、芝居のあとで男にも女にも性を買われていたのも、男をも女をも演じ得る存在だからこそ、どんな性にも応え得る存在に見えていたのではないか」と書きました（→第四章12）。

歌舞伎はもともと女が男を演じ、同時に男も女を演じ……という性の境のゆるい中で、エロスが醸成され、権力者からは「風紀を乱す」としてたびたび禁令が出されてきました。

そんな中、役者に近づきたい、性的関係を結びたい、その時間や性を買いたいという欲求が、観客側に出てくるのは自然な成り行きです。

そして役者買いというと、私などは男が男を買う図が頭に浮かぶのですが、白倉敬彦《しらくらよしひこ》によれば、男色が盛んだったとされる元禄期でも、それは「上方のことであって」、江戸では庶民のあいだに流行するには至っておらず、江戸で活躍していた鳥居《とりい》清信《きよのぶ》が描いたのは奥女中たちの役者買いの風俗であり、それよりあとの奥村政信《おくむらまさのぶ》も似たようなものだったようで、

「清信にしろ、政信にしろ、役者買いの主力を、女性と見ていたのではないか」

と言います（『江戸の男色――上方・江戸の「売色風俗」の盛衰』）。

確かに、有名な江島《えじま》（絵島）生島《いくしま》事件（一七一四）も、月光院《げっこういん》に仕える奥女中の江島が、代参の帰り、役者の生島と乱行したとして共に流刑に処せられた事件でした。

もっとも江島は、総勢百人を超える女中たちと芝居に立ち寄り、酒宴をしたのであって、江島本人は三日三晩一睡もさせてもらえずに尋問されても「情交は否認し続けた」（山本博文《やまもとひろふみ》編著『図説 大奥の世界』）そうです。

しかも当人たちが流罪であるのに対し、江島の兄は斬罪、江島に逢い引きの場を提供したとされる者は死罪、その他、処罰された者は数多く、月光院派が大打撃を受けたことから謀略説もあって、果たして当人たちが本当に性的関係を結んでいたかどうかは藪の中です。

いずれにしても江戸時代、役者は女にも男にも買われていた。

平安・鎌倉時代の白拍子や、室町時代の猿楽者を、囲い者にできるのは男性権力者に限られていたことを思えば、役者の夜の勤めが常態化した承応期から元禄期にかけては、金さえあれば商人なども芸能人を買えるようになったのですから、身分や性別よりもカネがものを言うという意味で公平というか、身分制の崩壊はすでにこのころから始まっていたとも言えます。

人形の男色

男による役者買いというと思い出すのが『男色大鑑』巻八の不気味な話です。

ある時、備前から上京した人々が、竹中吉三郎《たけなかきちさぶろう》（延宝《えんぽう》・元禄期の上方役者。若女方として評判）、藤田吉三郎《ふじたきちさぶろう》（貞享《じょうきょう》・元禄初期の京都の若女方）など、神代よりこのかた古今にまれな美少年役者五人を座敷に呼んで、春の枕を並べ、夜を徹して酒盛りをしていた。そこへ誰からともなく箱が届けられたが、開けてもみずに放置しているうちに、若衆を迎えに駕籠が来たので、いずれもまたの約束をして、備前の人々が寝入っていたところ、箱の中から、

〝吉三《きちざ》〜〟

と呼ぶ声がする。一同の中で気の強い者が蓋《ふた》を取ってみると、角前髪《すみまえがみ》（十五、六歳の者の半元服の髪型）の人形が入っていて、目つきといい、手足の様子といい、さながら生きた人間のよう。よく気をつけてみると、手紙が添えてあり、

「私はこのあたりの人形屋ですが、この人形はひとしお心を込めて作り、長年看板に立てておきました。いつのころからか、この人形は魂があるように身を動かすことがたびたびとなり、しだいにわがままになっていき、近ごろは〝衆道心《しゅだうごころ》〟（男色の気持

ち）がついてきて、芝居帰りの太夫（若衆）たちに目をつけます。これだけでも不思議なのに、夜ごとに名指しでその子を呼びます。何となく恐ろしく、内緒で川原に流すこと二、三度になりますが、いつの間にか戻って来てしまいます。木の端が喋ることは前代に例がなく、聞いたこともありません。我が物ながら持て余し、困っていた折も折、藤田・竹中の両太夫どのがその座におられることを見及びまして、この人形を差し上げます。後の世までの話の種に、試してごらんなさいませ」

と、はっきり書いてあります。

中でもたいていのことには驚かぬ男が進み出て、人間に挨拶するように、

「お前は人形の身で若道（衆道）の心を持つとは優美なことだ。二人の吉三郎に思い入れがあるのか」

と言うと、人形はすぐさまうなずきます。人々はすっかり酔いがさめ、人形の歴史を語るなどしたあと、まだ枕元にあった飲み捨ての盃を取って、

「これはお二人のお口が触れたものだぞ」

と人形の口に差してやって、

「だいたいこの若衆たちに焦《こ》がれる見物人たちは数知れぬほどだ。とても叶わぬ道理だ」

と、望みの叶わぬ子細を囁くと、人形ながら合点のいった顔つきをして、その後は諦めたといいます（「執念《しゅうしん》は箱入りの男」）。

少年の年ごろの人形が若衆に恋をするのが不気味でありながら切ない話ですが、西鶴はこの話を紹介したあと、

「人形ですら聞き分ける賢い世の中なのに、親の意見をないがしろにし、野郎狂いが高じて家を失い、飽かぬ妻子に離縁状を遣わし、都を出て江戸に行ったからといって、小判の一升入った壺が埋まっているわけもない。しかし一代使っても減らぬ金の棒があるなら、一手に持ちたいのは竹中吉三郎と藤田吉三郎だ」

と、役者買いが高じて家や妻子を失う者がいる世相を嘆きながらも、二人の吉三郎には千金の価値があると締めくくっています。

カネの世の中が極まって、豊かになった元禄の世では、役者買いバブルのような現象が起きていたのかもしれません。

16

芭蕉と男色

衆道好きをカミングアウト

松尾芭蕉《まつおばしょう》と言えば、日本人なら知らぬ者もない俳句の神様です。

〝古池や蛙《かはづ》飛こむ水のおと〟
〝閑《しづか》さや岩にしみ入《いる》蟬の声〟
〝さみだれをあつめて早し最上川《もがみがは》〟

どの句も一度は目や耳にしたことがあるでしょう。

一方、日本中をあちこち旅をしている芭蕉には忍者説もあるなど、有名な割に謎の多い人でもあります。

そんな芭蕉ですが、確かなことは男色家であったということです。

『貝《かい》おほひ』（一六七二）序で、

〝われもむかしは衆道ずき〟

つまり、昔は男色好き、少年好きであったことを、自らカミングアウトしているからです。

杜国への愛

貞享四（一六八七）年の十月に江戸を発《た》ち、門人の杜国《とこく》と伊勢《いせ》で落ち合って、翌年にかけて旅した『笈《おい》の小文《こぶみ》』（一七〇九）の記述は、そんな芭蕉の嗜好を裏づけています。

杜国は芭蕉のために〝童子〟となって道中の助けになろうと、自ら〝万菊丸《まんぎくまる》〟と名乗ります。

この時、杜国は三十歳前後ですから〝童子〟と称する年でもありません。それをあえて〝童子〟と称し、しかも〝万菊丸〟というネーミングといい、男色の香りしかしません。

芭蕉はこの旅中、杜国のいびきを視覚化し、絵にも描いています（図2）。

そんなふうに芭蕉に並々ならず愛されていた杜国なのですが、元禄三（一六九〇）年三月、三十代で死んでしまいます。

杜国の死をどれほど芭蕉が悲しんだか、杜国をどれほど愛していたか、その愛が最もほとばしり出ているのが『嵯峨《さが》日記《にっき》』（一七五三）の一節です。

『嵯峨日記』は元禄四年四月十八日から五月四日、門下である去来《きょらい》の別荘落柿舎《らくししゃ》で過ごした日々の記録なのですが、その二十八日の項は、

「夢で、杜国のことを言い出して、泣いているうちに目が覚めた」（〝夢に杜国が事をいひ出《いだ》して、涕泣《ていきふ》して覚ム〟）

という一文から始まり、終始、杜国を失った悲しみに満ちています。

「私の夢は聖人君子の夢ではない。終日、〝妄想《まうざう》〟によって気が散り乱れ、夜陰の夢もまた同様だ。実にこの杜国を夢に見るというのはいわゆる〝念夢《ねんむ》〟、心に深く思っているからだ。杜国は私を深

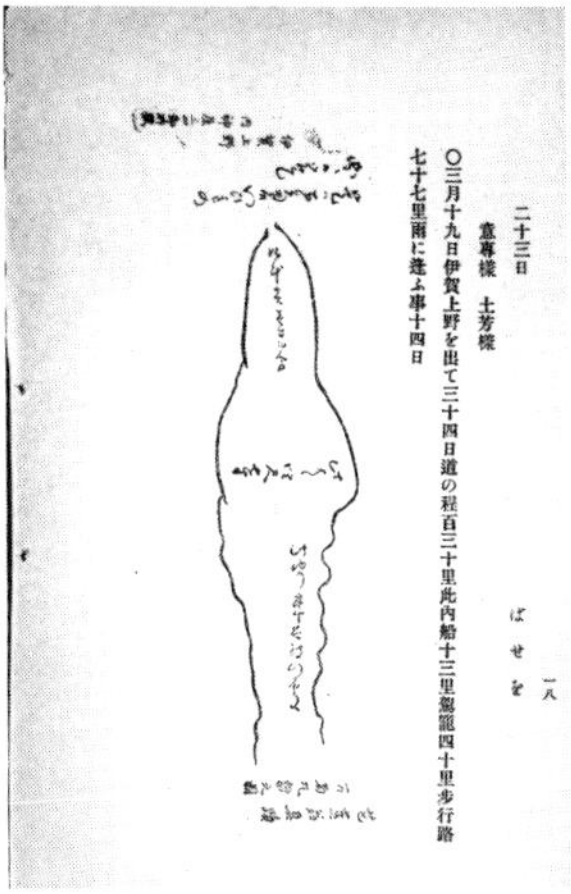

図2：「万菊丸鼾之図」
（国立国会図書館）

く慕って伊賀《いが》の故郷まで訪ねて来て、夜は床を同じにして起き臥し、行脚《あんぎゃ》の労を共にいたわり合い、約百日間、影のように離れなかった。ある時は戯れ、ある時は悲しみ、その志は私の心の中にしみて、忘れることがないから夢に見たに違いない。目が覚めてまた涙で袂をしぼった」（〝我夢ハ聖人君子の夢にあらず。終日妄想散乱の気、夜陰夢《やいんのゆめ》又しかり。誠に此《この》ものを夢見ること所謂念夢也。我に志深く伊陽《いやう》旧里迄《まで》したひ来りて、夜ハ床を同じう起臥《おきふし》、行脚の労をともにたすけて、百日が程かげのごとくにともなふ。ある時はたはぶれ、ある時は悲しび、其志我心裏《わがしんり》に染《しみ》て、忘るゝ事なければなるべし。覚《さめ》て又袂をしぼる〟）

『貝おほひ』の〝衆道ずき〟という芭蕉自身のことばといい、『笈の小文』の杜国が〝童子〟となると宣言し〝万菊丸〟を名乗った旅といい、『嵯峨日記』の杜国死後の芭蕉の慟哭《どうこく》といい、これは限りなくガチに近い男色というほかありません。

「両性愛」と「ガチ男色」

江戸時代に限らず、日本の男色は、女色あっての男色であることが多く、院政期の貴族をはじめ、室町期の将軍や武士のケースも、妻子がいた上で嗜むという形が多いものです。

つまり基本的に「両性愛」なのですが、中には『男色大鑑』に描かれる六十過ぎても愛を貫く男同士（『くそじじいとくそばばあの日本史　長生きは成功のもと』参照）や、後述の平賀源内のように、今の男性同性愛者と変わらぬ人々もいます。こうした人々の男色を「ガチ男色」と呼ぶことにすると、芭蕉は「ガチ男色」に「近い」と思うのです。

「ガチ男色」そのものでなく、「近い」というのは、芭蕉には内妻がいたこともあるらしいからです。

門人の野坡《やば》の回顧談中に、

「寿貞《じゆてい》は翁の若き時の妾にて、とくに尼になりしなり。其子次郎兵衛《じろべえ》もつかひ被レ申し由」

とあり、寿貞と芭蕉は関係があって、芭蕉は寿貞の子である次郎兵衛を、晩年、身近に置いて使ったり、元禄七年の最後の旅に同伴したりしたといいます（阿部喜三男《あべきみお》『松尾芭蕉』）。

次郎兵衛に関しては、寿貞の子ではあっても、芭蕉の子ではないという説（阿部氏前掲書）と、芭蕉の実子であるという説（市川通雄《いちかわゆきお》『松尾芭蕉研究』）とがありますが、定かなことは分かりません。

確かなのは寿貞はあくまで内妻で、芭蕉には生涯、正式な妻はいなかった、独身だったということです。

こうしたことから芭蕉は「ガチ男色」に限りなく近く、日本の俳句はそうした世界で発展したと分かるのです。

17

内外の古典をガチ男色世界に生まれ変わらせた『雨月物語』

原話よりBLな「菊花の約」

上田秋成《うえだあきなり》の『雨月物語《うげつものがたり》』（一七六八序、一七七六刊）は中国小説の翻案として有名ですが、「菊花《きくか》の約《ちぎり》」や「青頭巾《あおずきん》」は、男色話の中でもガチの部類に属します。

とりわけ教科書にも出てくる「菊花の約」は、中国の『古今小説』第十六巻「范巨卿《はんきよきよう》雞黍死生交《けいしよしせいのまじわり》」を原話とし、「ほぼそのままのあらすじで翻案した作品」（『新編日本古典文学全集　英草紙《はなぶさそうし》　西山物語《にしやまものがたり》　雨月物語　春雨物語《はるさめものがたり》』解説）と言います。

二人の登場人物は男色関係にあるというのが通説です（鵜月洋《うづきひろし》『雨月物語評釈』など）。

タイトルの「菊花の約」も、原話共々、〝重陽《ここぬか》の佳節《かせつ》〟（菊の節句）に再会を約束したところからきているとはいえ、「菊」というのは「肛門の異称」で、「とくに男色に関していう場合が多い」（『日本国語大辞典』）というのは周知のことです。

その意味で「菊花の約」は中国の原題以上に、男色を連想させるタイトルで、内容的にも「菊花の約」のほうがより男色度の強いものとなっています。

主人公は加古《かこ》（兵庫県加古川市）の丈部左門《はせべさもん》という学者で、老母と二人で清貧暮らし。一人の妹がいたものの、彼女はすでに嫁いでいました。そんな左門が、故国（出雲）へ帰る途中、旅先で発病した赤穴宗右衛門《あかなそうえもん》という武士を看病したところから、兄弟の契りを結ぶまでになります。そして重陽《ちょうよう》の節句の日に再会を誓うものの、月も沈むころやっと現れた、〝兄長《このかみ》〟（兄上）の宗右衛門はすでにこの世の人ではありませんでした。本国に帰った彼はいとこの紹介で尼子経久《あまこつねひさ》に会うものの、長くいても益がないと判断したため辞そうとした。尼子は疑心暗鬼に陥り、その命を受けたいとこの手で宗右衛門は監禁されてしまいます。このままでは左門との約束を果たせない。そこで彼は、

「人間は一日に千里を行くことはできない。しかし死んで魂となれば、一日に千里を行くことができる」（〝人一日に千里《ちさと》をゆくことあたはず。魂《たま》よく一日に千里をもゆく〟）と考え、自刃して死霊となってやって来たのです。

事の次第を話し終えると、宗右衛門は姿を消してしまい、残された弟分の左門は声を上げて泣きました。老母は左門の様子に驚き、宗右衛門が約束を破ったからと大騒ぎするのであろうと左門の幼さを叱るものの、左門の詳細な説明に、やがてその不思議な話を信用します。翌日、左門は母に別れを告げ、出雲へ至ると、宗右衛門のいとこを殺して行方をくらまします。尼子も〝兄弟〟の契りを結んだ男二人の信義の篤さに感じ入り、強いて左門を追跡させることもなかったのでした。

「菊花の約」はこんなあらすじなのですが、中国の原話はやや異なります。

最大の違いは、兄弟の契りを結んだ〝兄〟たる男が帰宅後、〝妻子〟を養うための商売に打ち込む余り、約束を忘れてしまうという点です（以下、原話は鵜月洋『雨月物語評釈』所載の「范巨卿雞黍死生交」を参考にしました）。

「菊花の約」でも原話でも、兄弟の契りを結んだ兄貴分が約束を果たすため、自害して魂となり、千里の隔たりを飛んでくるところは同じなのですが、「菊花の約」ではとらわれて行くことができなかったのに対し、原話では約束を忘却してしまう上、家には妻子がいるのです。

ここが大きく異なるところで、「菊花の約」のほうがより男同士の純粋な情愛が強調されていることが分かります。

もっとも衝撃度は原話のほうがまさっています。

兄貴分の霊から自刃したことを告げられた弟分は、兄貴分の家に至ると門が閉ざされていたので、隣人に聞いて葬送の場へ走ります。そして、そこにいた妻から、兄貴分の霊のことば通り、彼が自分の来訪を予想して、すぐには埋葬せぬよう語っていたことを告げられる。それを聞いた弟分は、兄貴分の妻の目の前で自刃してしまうのです。そのため弟分と兄貴分は一緒に埋葬され、話を伝え聞いた皇帝は二人の〝信義〟が深く重いことを哀れみ、墓前に廟《やしろ》を建て、范巨卿（兄貴分）の遺された子に衣糧を支給、その子は進士に合格し、出世するという筋書きになっています。

弟分が独身なのは同じなのですが、兄貴分には妻子がいて、自殺した兄貴分のあとを追うように弟分も自刃してしまうところが「菊花の約」よりも生々しいのです。

約束の日に生きて来れなかった理由が、商売に身を入れるあまりというのも現実的で、秋成によって翻案された「菊花の約」のほうがよりロマンティックで、ＢＬ的な作りとなっていることは明らかです。

元ネタをガチ男色話に変えた「青頭巾」

　ＢＬと言うよりガチ男色、それもロマンティック・ホラー度がより強いのは同じ『雨月物語』の「青頭巾」です。

　この話は、実在の人物である快庵禅師《かいあんぜんじ》を主人公に、禅師が太平山大中寺《だいちゅうじ》を再興した逸話として語られています。

　曰く、禅師が富田という里の大きな家に宿を借りようとした際、人々が「〝山の鬼〟が来た」と恐れおののいたため、屋敷のあるじにわけを聞くと、村里の上の山にある寺の住職と間違えられたことが分かった。あるじによると、その住職というのは学識も深く、修行も積んでおり、評判が良かったものの、昨年の春、招かれて越《こし》の国に滞在した際、その国から十二、三歳の〝童児《わらは》〟を連れて帰り、起き臥しの助けとしていました。そして、その美しさを深く愛するあまり、長年の仏事や修行もいつしか怠りがちに見えました。ところが今年の四月、その少年が発病、名医を呼んだかいもなく、死んでしまったのです。

　泣くに涙も出ず、叫ぶに声も出ないほど嘆いた住職は、少年を火葬や土葬にすることもなく、その顔に顔をつけ、手に手を取って日を過ごしていたところ、しまいには

精神がおかしくなって、

「少年の在りし日と変わらず愛撫しながらも、その肉が腐りただれることを惜しみ、肉を吸い骨を嘗《な》め、ついに食べ尽くしてしまった」（〝生《いき》てありし日に違《たが》はず戯《たはふ》れつつも、其の肉の腐り爛《ただる》るを吝《をし》みて、肉を吸《すひ》骨を嘗《なめ》て、はた喫《くら》ひつくしぬ〟）

それで寺の人々は「住職が鬼になってしまわれた」とあわてふためいて逃げてしまいます。その後、住職は、夜な夜な里に下りては人を脅し、墓を暴《あば》いて生々しい屍を食らうようになった。そのため、人々は日が暮れると戸締まりを厳重にして、最近では下野国《しもつけのくに》一帯にも噂が広まり、人の行き来もなくなっていました。そんなところへやって来た禅師を、人々は、この鬼になった住職と間違えたというわけです。

それを聞いた禅師は、住職が鬼になったのは彼の「まっすぐで一途さの強い性質のなすところ」（〝ひとへに直《なほ》くたくましき性《さが》のなす所〟）と受け止め、山寺へ行って自分のかぶっていた紺染めの頭巾を住職にかぶらせ、二句の証道歌《しようどうか》（禅の本旨を説いた詩）を授け、彼の魂を救い、もとの宗派を曹洞宗に改めて寺を開いたというオチになっています。

この話の典拠には中国や日本の古典文学が挙げられているのですが、とりわけ山場とも言える、住職が少年の死体を愛撫するというくだりは、『今昔物語 集《こんじやくものがたりしゆう》』巻第十九第二や、それに影響を受けた『艶道通鑑《えんどうつがん》』（一七一五）巻之四の四話等に描かれる大江定基《おおえのさだもと》の出家話に影響を受けたとされています（鵜月氏前掲書）。

が、これらの話では、死んだのは少年ではなく、女です。しかも『今昔物語集』ではその口を吸ったところ、驚くほど臭いにおいが出てきたので、うとむ心が湧いて出家したという展開です。

それが『雨月物語』では、住職はもともと出家者である上、相手は少年……つまりは男色関係であったところが大きく違います。

しかも〝生てありし日に違はず戯れつつ〟という一文に、住職がふだんからその少年と男色行為にふけっていたことが浮き彫りにされている。

そして、死んでもうとましくなるどころか、かえって愛欲はエスカレートして、人々に鬼と恐れられる存在になってしまうという壮絶さ。

『雨月物語』の「青頭巾」には、

「そもそも女の性質はねじ曲がっているから、そうした浅ましい鬼にも変じるのだ」

（〝凡そ女の性《さが》の慳《かだま》しきには、さる浅ましき鬼《もの》にも化するなり〟）

という一文もあって、全体的に女嫌いの空気が漂っている。

少年愛にはまって身をあやまった住職に対しても、

「その童児を引き取りさえしなければ、さぞかし立派な法師になったであろうに」

（〝其の童児をやしなはざらましかば、あはれよき法師なるべきものを〟）

と、非常に同情的な作りになっています。

作者の上田秋成には妻はいましたが、先の「菊花の約」といい、『雨月物語』は内外の古典を典拠にしながら、それらを明確な意図を以て、ガチな男色話に変えつつ、男色に対して優しい視線を注いでいることが分かるのです。

18

平賀源内のガチBL世界、男色を笑いのネタにした十返舎一九

源内作品の可愛い男色河童

前近代の男色は、基本的には女色あっての男色で、両性愛であることが多かった……そんな実態を紹介してきましたが、もちろん当時にも今でいう男性同性愛の人々もいました。

有名なのがエレキテルを再現した平賀源内（一七二九〜一七七九　生年は諸説あり）です。エレキテルは摩擦を利用した静電気の発生装置で、最初に製作したのはドイツの科学者でしたが、源内は、オランダ人が長崎に持参したものを、修理・復元したのだといいます（新戸《しんど》雅章《まさあき》『平賀源内――「非常の人」の生涯』）。

今でいう歩数計の発明、西洋画など、多方面に才能を発揮していた源内は、風来山《ふうらいさん》人《じん》という名で文芸作品を残してもいます。

作品の中には、『根南志具佐《ねなしぐさ》』（一七六三）のように、男色河童《かっぱ》の話もあります。

河童は人の尻子玉《しりこだま》を抜くと考えられていたことから、文芸に描かれる際は男色絡みであることが多く、十返舎一九《じっぺんしゃいっく》（一七六五〜一八三一）作・画の『河童尻子玉』（一七九八）でも、平将門《たいらのまさかど》の寵愛を受ける釜太郎《かまたろう》の尻子玉を河童が抜いたため、尻を独り占めにしたかった将門は嫉妬して、釜太郎を流罪にしてしまいます。しかも釜太郎が取り戻したと思った尻子玉は、実は河童の屁玉《へだま》であったため、釜太郎の肛門からは臭い匂いの屁ばかり出る始末。そのため、せっかく将門のもとに戻ったのに、またも追放され、屁ひり男となって見世物小屋に出て大成功を収める。それを見た河童は屁玉を取り戻し、釜太郎の尻子玉ももとに戻って、将門に再び寵愛されるという可笑しくもバカバカしいストーリーです。

深川錦鱗《ふかがわきんりん》作・恋川春町《こいかわはるまち》画の『亀屋万年浦嶌栄《かめやまんねんうらしまさかえ》』（一七八三）の河童も浦島太郎の子孫を襲い、子孫は浦島太郎に助けられるものの、それまで河童に誘拐された少年たちは、浦島太郎の発案で子供屋（男色茶屋）で働かされ、そこに人間に化けた河童が買いに来るというシュールなオチです。

このことは、拙著『本当はエロかった昔の日本』でも指摘したのですが、そんな男色河童の物語群の中で、源内（天竺《てんじく》浪人、風来山人）の綴った『根南志具佐』の河童は、まず挿絵がとても可愛いことが特徴です。

江戸の春画では、「無体を働く男はすべて醜男《ぶおとこ》に描くという決まり」（白倉敬彦『春画に見る江戸老人の色事』）といい、たしかに『河童尻子玉』（図3）や『亀屋万年浦嶌栄』（図4）では、悪役河童の姿はグロテスクで醜悪です。

一方、『根南志具佐』の可愛らしい河童は、自分を犠牲にしてでも愛する男を助けようとする、河童にしては珍しく良い役の、けなげな奴です（図5）。

若女形の菊之丞《きくのじょう》の絵姿を見て男色に目覚めた閻魔王《えんまおう》のため、地獄の面々は相談の末、菊之丞を亡き者にして冥府に連れて来ようということになりますが、その役を請け負った河童は、菊之丞と恋仲になり、役目を果たすことができず、後編（『根無草《ママ》後編』一七六九）では、閻魔王に蹴殺され、亡魂は娑婆をさまよい、

〝男色千人切の馬鹿を尽す〟

ということになります。

他の男色河童ものでは、醜悪な姿で少年を襲ったりかどわかしたりといった悪事を働く河童が、源内の作品では二十四、五の美男子に化けて、少年と対等に恋をして、

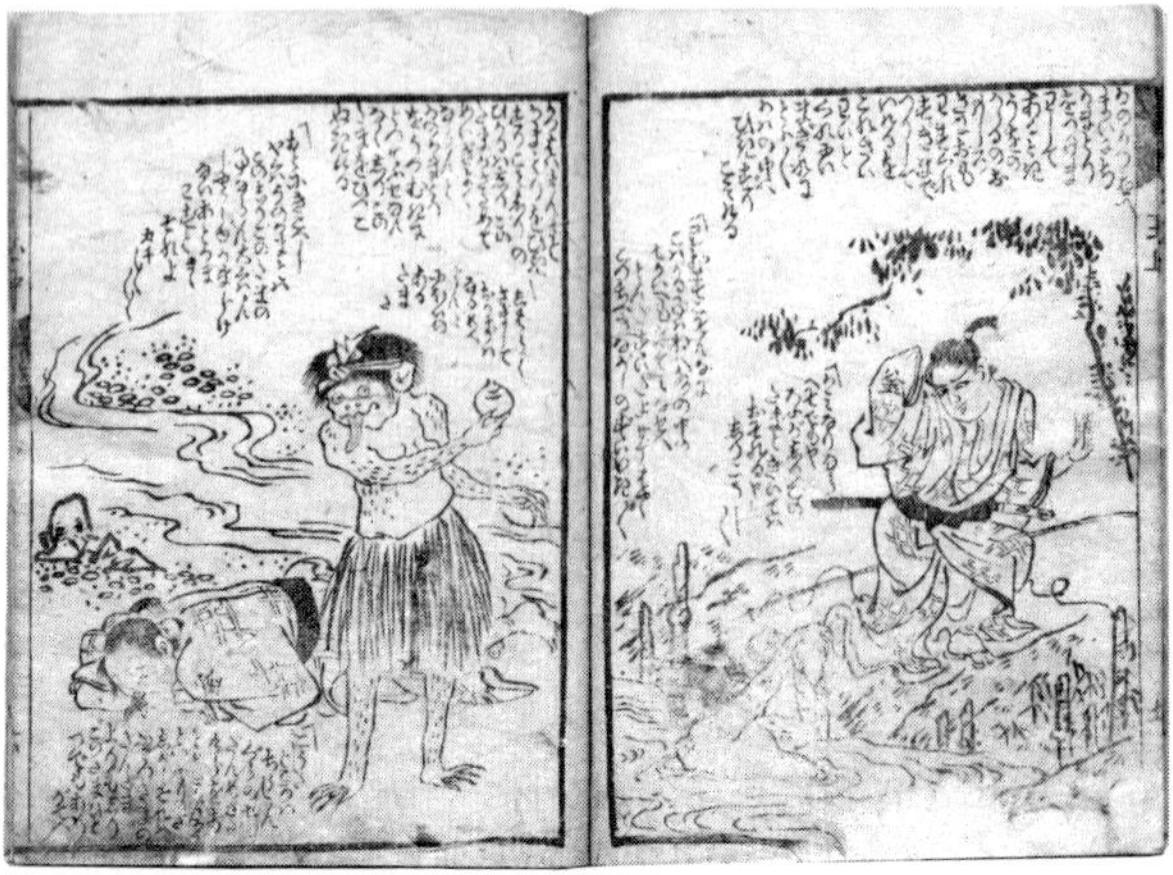

図3：『河童尻子玉』3巻（国立国会図書館）

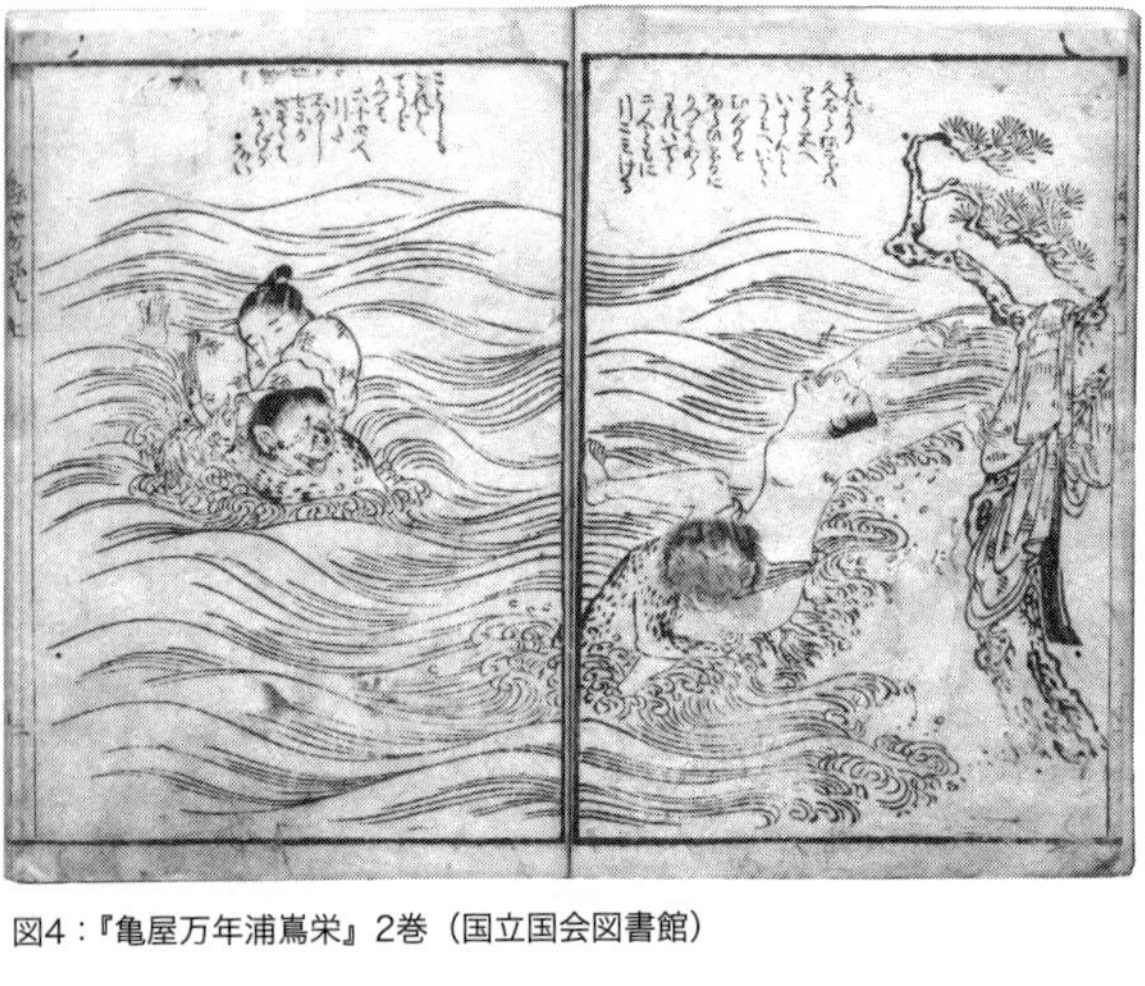

図4：『亀屋万年浦嶌栄』2巻（国立国会図書館）

その犠牲になって命を落としているのです。

　このいじらしい河童の挿絵は、例外的に可愛くて、悪役＝醜、良い役＝美という春画の法則を浮き彫りにしています。

ガチ男色の源内

　さて肝心の源内ですが、彼は生涯独身で過ごし、「どちらかといえば女ぎらいであったが、若衆はすきであった」といい、大田南畝《おおたなんぽ》も、「源内は吉原《よしわら》のことは不案内であるが、『茅町《かやちょう》及び南方』（『仮名世《かなせ》説《せつ》』）のような若衆の町は詳しいとしている」（城福勇《じょうふくいさむ》『平賀源内』）といいます。

　源内は『江戸男色細見《えどなんしょくさいけん》』（一七六四）という男娼の店のガイドブックも出しているほどです。その「序」では、餅好きが酒の趣を知らず、酒飲みが羊羹を嫌うのと同じで、男色と女色は趣味の問題であると主張した上で、男色に肩入れしています。

図5：『日本古典文学大系55　風来山人集』（岩波書店）

そんな源内ですが、最後は殺人事件を起こして獄死してしまいます。

城福勇の『平賀源内』によれば、いきさつは諸説あって確かなことは分かりません。殺された人物の素性についても、また殺された人数についても二人なのか一人なのか、詳しいことは何も分からないのです。

ただ、この事件も、男色絡みという説があり、秋田藩の小田野直武《おだのなおたけ》（一七四九〜一七八〇）も絡んでいたのか、この事件のために謹慎処分を受けて秋田に戻されたという説もあるそうです（別冊太陽『平賀源内』芳賀徹《はがとおる》・田中優子《たなかゆうこ》対談）。

小田野直武は秋田の人で幼少から絵を好み、鉱山開発の指導のため秋田を訪れた源内に、洋画の手ほどきを受け、その縁で杉田玄白《すぎたげんぱく》らの訳した『解体新書《かいたいしんしょ》』の附図を描くことになります。秋田藩主の佐竹義敦《さたけよしあつ》（曙山《しょざん》）に気に入られ、藩主に絵の指導もしていた直武は、江戸では源内の家に同居して、一緒に洋風の明暗や遠近の画法を研究していたといいます（芳賀徹『平賀源内』）。

芳賀氏は田中氏との対談で、

「直武は、秋田藩主の佐竹曙山に西洋画の面白さを教え、大事な殿様を邪道に引き込んだということで、家老が藩の行く末を懸念して直武を謹慎させたという説もありますね。でも、男色家である源内のところに直武はころがり込んでいて、きっと秋田の色白の美青年だっただろうから（笑）、やはり殺傷事件は男色の関係のもつれかな」

といい、それを受けた田中氏も、

「直武が美青年だったということは言われていて」

と語っている。芳賀氏も、

「曙山と直武というのは兄弟のようにして育ち、とても親しい関係だったんですね。いつも二人だけで、一室にこもって絵を描いていたらしいから。あれも妖しい雰囲気がありますね」（前掲別冊太陽対談）

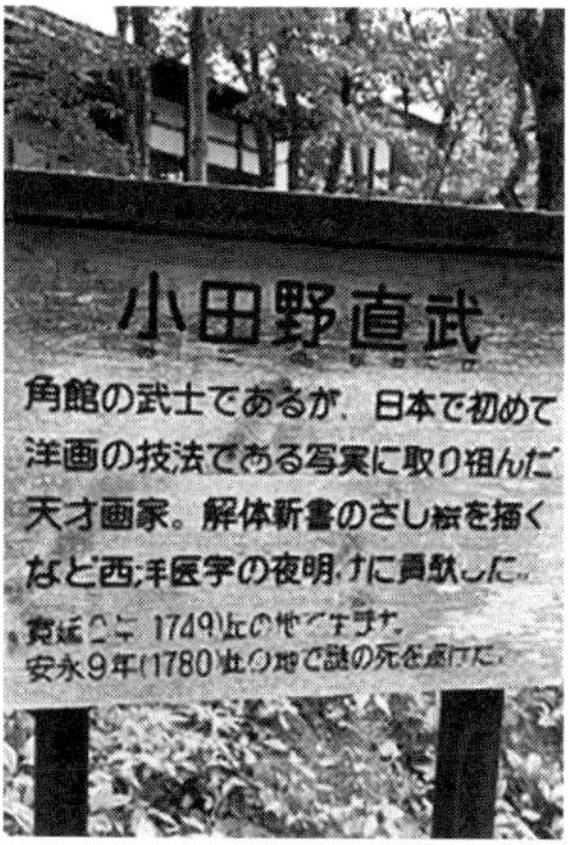

図6：角館の武家屋敷にある立看板（筆者撮影）

と指摘しています。

ああやっぱり……と思いました。

私は角館《かくのだて》の武家屋敷を訪れたことがあるんですが、そこの青柳《あおやぎ》家に、同家と関係の深い直武の像や解体新書記念館のほか、庭には立看板があって、そこに「謎の死を遂げた」と書いてあったのです（図6）。

単なる死ではなさそうで、同行した友達と「これって男色絡みなんじゃない？」と話したものです。

いずれにしても全体的に謎に満ちた事件ではあります。

膝栗毛の弥次・喜多は両刀

源内はガチの男色家だったと思われますが、当時の一般的な男色家というのは、芭蕉のように限りなくガチ男色に近いとしても、内妻がいたりする。いわゆる「両刀使い」というのが一般的で、十返舎一九の『東海道中膝栗毛』（一八〇二〜一八一四）の主人公の弥次さんと喜多さんも、駆け落ちした仲でありながら、伊勢を目指す旅先では女にちょっかいを出したり、もともと妻がいた設定にさえなっています。

そもそも弥次さんは親の代からの駿河《するが》の商人で、百や二百の小判にはいつでも困らぬほどの身代でした。が、遊里にはまった上、旅役者の鼻之助《はなのすけ》（のちの喜多八）に入れ込み、身代にまで途方もない〝穴〟を掘って、その〝尻〟の始末は〝若衆〟（鼻之助＝喜多さん）と二人、尻に帆かけて江戸へ駆け落ち、彼を元服させて喜多八と名乗らせた上、相応の商人に奉公させ、弥次さん自身は国元で習い覚えた漆器の絵入れなどをしつつ、飲み友達の紹介で〝おふつ〟という年上女を妻にし、〝うか〳〵〟としているうちに早くも十年の歳月が過ぎてしまいます。

って、もとは喜多さんは年端もいかない少年だったんですね。しかも役者。そんな喜多さんに入れ込んで駆け落ちまでした弥次さん、ガチ男色家と思いきや、江戸で所帯を持って、サクッと十年もの月日が経っていたというんです！

しかし、話が本格的に始まるのはこれからです。

貧乏暮らしながらも楽天的な弥次さんのもとには近所の怠け者どもが集まっていた。そんなところへ喜多さんが〝かねをかしてくれろ〟と言ってくる。弥次さんが妻のおふつに説明するところによれば、喜多さんは親方の金を使い込んだらしい。この親方というのが、〝年寄の癖に〟若い美人妻をもったものだから房事のしすぎで精力が枯れ、命も危ういという状態だった。親方が死んだら喜多さんは後家となった美人妻を手に入れようと算段しているらしい。などと、弥次さんが妻に話していると、三十近い女を連れて侍がやって来て、「妹は弥次さんと結婚の約束をしている」と言う。弥次さんの妻のおふつは十年も連れ添った身です。抵抗しつつも離婚を承諾。涙ながらに〝しほ〳〵として〟出ていくと、

〝ふたりを頼んで女房にいっぱいくわせ、追出した〟

と、弥次さん。

実は、さる所の隠居が腰元を妊娠させたものの、家族の手前、腹の子ともども持参金十五両付きでその腰元を嫁にやってしまおうという話があって、弥次さんは金欲しさに芝居を打ち、妻を追い出したというのです。

どいつもこいつもサイテーですよ。

しかし考えてみれば、弥次さんは喜多さんに十五両を貸したいばかりに、十年連れ添った妻を離縁したわけです。妻より喜多さんへの愛がまさっていた。弥次さんは限りなく男色寄りの両刀使いだったわけです。

そこへくだんの妊婦が来訪。喜多さんも来て、

「頼んだ十五両、明日は棚卸しだから、ぜひぜひ明日の朝までに、使い込んだ金を穴埋めしないといけない」

と言う。ところが……妊婦が言うには、

「私はこの喜多八さまのいる所で飯炊きをしていた女です。嫌だというのに無理やり喜多八さまに口説かれまして、つい逢ってしまい、こうした身になりましたゆえ、お

暇をもらい親元へ帰りましても、堅い親は家にも入れず、喜多八さまと結婚すると親と約束し、よその家に預けられておりました。でも、このことが親方さまの耳に入らぬうちに、私に十五両の金をつけて、外へ片づけたいと喜多八さまから相談を受け、私は妊娠したからには喜多八さまといつまでも離れぬ気でいましたが、それでは喜多八さまのためになるまいと、納得ずくで決意して、心に染まぬここへ嫁入りしに来たのでございます」

なんと喜多さんは自分が妊娠させた女に持参金十五両をつけて、よそに嫁入りさせようと計画。その金を弥次さんに借りようと無心した上、女そのものをも弥次さんに押しつけようとしていたようなのです。

ややこしい！　そしてサイテー過ぎる！

「このべらぼうめ、よくも俺をとんだ目に遭わせやがった」

弥次さんが怒るのも当然です。なにしろ喜多さんのために十五両の金を作ろうと、十年連れ添った妻を離縁したのですから。

「なに、とんだ目に遭うものか。金さえ借りなければいいじゃねぇか」

「いいとは何だ。俺は女房を追い出しちまって、今夜から一人で寝なきゃならねぇわ」

「その代わりまた若い女房を譲ったから、文句はあるめぇ」

「たわ言尽くしやがれ。あの女の面《つら》が二目とも見られるものか、いまいましい野郎めだ」

と、弥次さんと喜多さんが喧嘩しているうちに、産気づいた妊婦は苦しんで、とうとう死んでしまうのですから、洒落になりません。

さすがに妊娠させた喜多さんは、

「かわいそうに。妊娠中だったのに、今の騒ぎで血がのぼせたのだろう」

と同情しつつ、一同、女を棺桶へ収めたところへ、彼女の父親が駆けつけます。

「どれどれ、娘はどこにおります。ちょっくら顔を見せてくださいませ」

頼む父親に、

「おめえももっと早く来なされればいいのに。もう棺桶の中へ入れてしまったのに」

と非情な弥次さん。これには先の芝居で侍役を演じた友達も、

〝イヤしかし、とつさんの身では、見たいは道理〳〵〟

と、言ったままではいいものの、

〝どをりよ狐の子じやものをとけつかる。ハ、、、、さらばお開帳いたそふか〟と、浄瑠璃のセリフで茶化しながら、棺桶を開けると……。

「この仏には首がござらぬ。そしてわしの娘は女でござるに、こりゃはぁ男の死人と見えて胸毛が生えてござらぁ」

と娘の父親。

当時の棺桶は、文字通りの〝桶〟でした。

その桶に娘を上下、反対に入れてしまったために、陰毛を胸毛と間違えてしまったのです。

なんともはや……不謹慎としか言いようがないのですが、父親も父親で、

〝ハアそれで落着《をちつき》ました。コリヤどなたも御太儀《たいぎ》《ママ》でござる〟

と納得。弥次さん喜多さんは〝まんなをし〟（運直し）に二人連れで出かけようということになり、友達に金を借りて伊勢参宮へと思い立つという設定なのですから、色んな意味で衝撃的で、江戸後期の人はそれで笑っていたのかと思うと、たかだか二百年のあいだにこうも人の意識が変わったことに（もちろん良い方向に）驚くばかりです。

ああ現代に生まれて良かったな、と。

金玉萌えする弥次・喜多

おふざけというにはあまりに女をバカにした展開に、説明にもつい力が入ってしまいました。

実はこの話は『東海道中膝栗毛』の「発端《はじまり》」（一八一四序）に綴られたもので、物語が評判になったあとから付け加えられた二人の馴れそめなんです。『バットマン』の悪役がいかにして悪役になったかという前日譚を綴った映画『ジョーカー』みたいなもので、いわば二人のプレストーリーです。

最初に綴られた「初編」（一八〇二序）によれば、神田の八丁堀《はっちょうぼり》に〝独住《ひとりずみ》〟の弥次さんと、〝食客《いそうろう》〟（居候）の喜多さんが伊勢参宮をして、そこから大和《やまと》、京阪へと向かおうという設定です。つまりは独身男二人の珍道中の物語であって、とくに二人が男色関係にあったとは描かれていません。

とはいえ、六郷《ろくごう》の渡しを越えて、向こうから大名行列が来ると、

〝アレ見やれどれもいゝ奴《やっこ》だ〟

〝葭町《よしてう》じんみちの土用《どよう》ぼしといふもんだ〟

と、弥次さん。

男色を売る陰間《かげま》茶屋のあった葭町の新道の男娼たちが夏の衣類の土用干しよろしく、尻を並べているというわけで、葭町に詳しいところがいきなり垣間見える。さらに、

〝金玉がのぞひている〟

と、奴特有の背中の割れた羽織から金玉が見えていることを指摘。喜多さんも、

〝とのさまはいゝ男だ。さぞ女中衆《ぢよちうしゆ》がこすりつけるだろふ〟

と、殿様のイケメンぶりに、女たちが放っておくまいとコメントする。

はなから男色モードなのです。

一方で、神奈川の台町《だいまち》に至り、茶屋の娘を見た弥次さん喜多さんは、

〝美しい〟

〝いゝ娘だ〟

と喜んでいる。

しかしやはり、二人は男の金玉に萌えるようで、戸塚《とつか》の宿では、

〝とめざるは宿を疝気《せんき》としられたり大《おほ》きんたまの名ある戸塚に〟

と、弥次さんが歌を詠んでいます。

〝疝気〟とは、水がたまったり腫瘍や寄生虫が原因で陰嚢《いんのう》が腫れる病気。

当時、戸塚には大金玉の乞食がいて、元禄ころから幕末まで何代もいたといいます（『日本古典文学全集　東海道中膝栗毛』注）（図7）。

江戸末期の『想山著聞奇集《しょうざんちょもんきしゅう》』（図8）によると、戸塚の大金玉乞食は元禄年間にいて、さらに二代目が明和《めいわ》・安永《あんえい》のころにいて、著者想山の父の話によると、米の二、三斗（三十〜四十五キロ）ほども入りそうな金玉の持ち主だったとか。ある時、オランダ人が通りかかって、通訳を通じて治療を申し出たものの、「金玉のおかげでたくさんの施しを得て、食べるに困らぬ身なので」と、治療を断ったと聞き伝えていると言います。


弥次さん喜多さんに話を戻すと、二人が男色関係にあったというのは、あとづけの設定とはいえ、当時の多くの男色が両性愛であったことを思えば、金玉萌えしたり女に色気を出したり……といった男女両性の下半身に興味を示す二人の性質は、男色であることと何ら矛盾はなく、それで笑いが取れるなら良しというのが一九の姿勢であったのです。

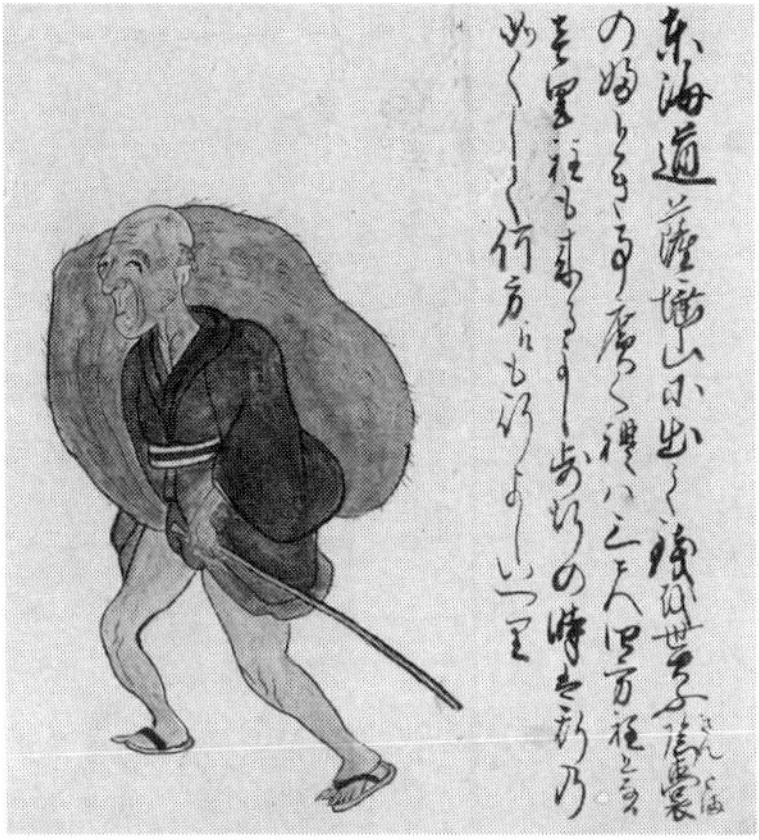

図7：『怪奇談絵詞』（福岡市博物館蔵）に描かれた巨大な陰嚢を持つ妖怪（画像提供：福岡市博物館／DNPartcom）

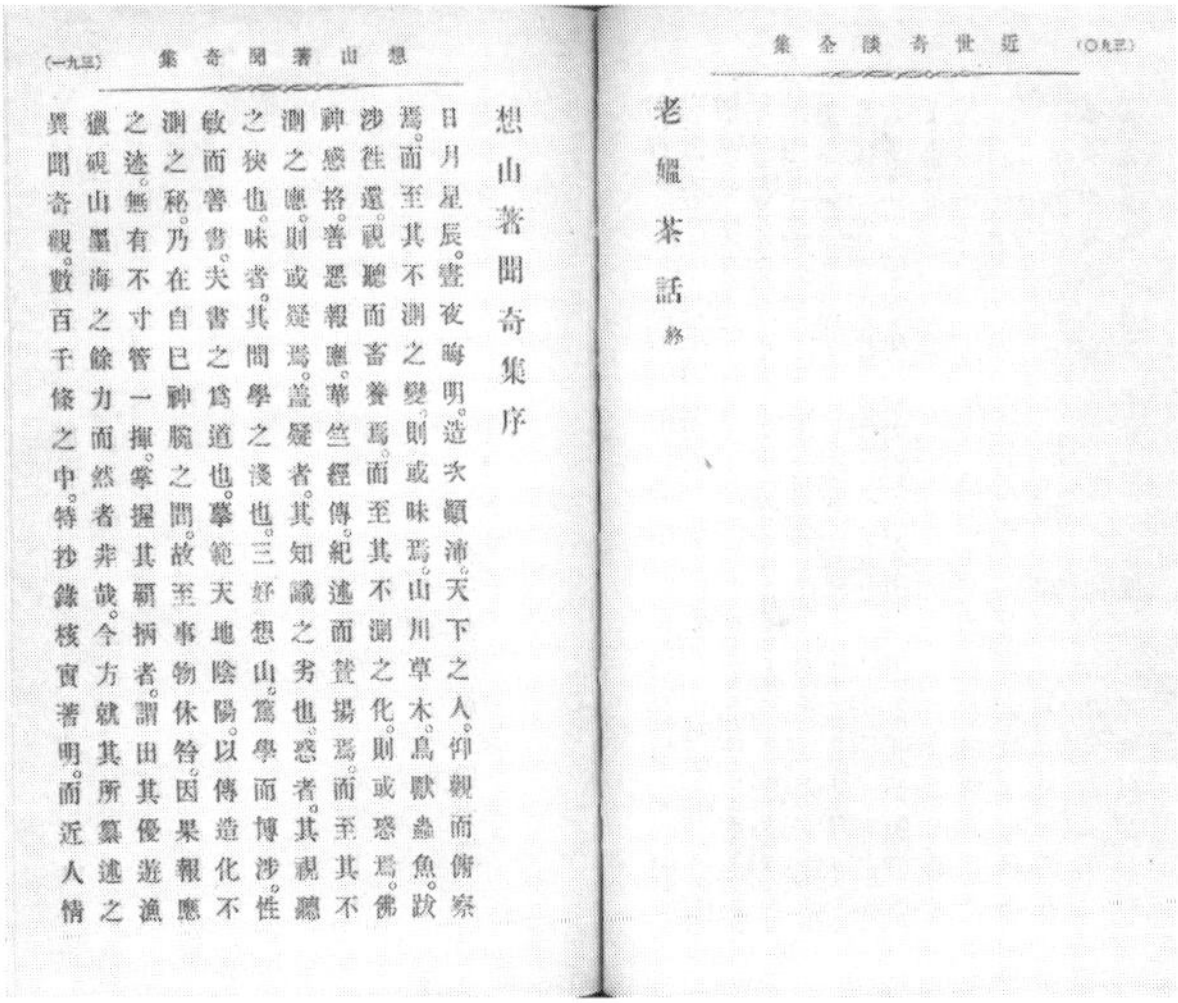

近世奇談全集　（三九〇）

老媼茶話　終

想山著聞奇集　（三九一）

想山著聞奇集序

日月星辰。晝夜晦明。造次顛沛。天下之人。仰覩而俯察焉。而至其不測之變。則或味焉。山川草木。鳥獸蟲魚。跂渉往還。視聽而畜養焉。而至其不測之化。則或惑焉。佛神感格。善惡報應。華竺經傳。紀述而贊揚焉。而至其不測之應。則或疑焉。蓋疑者。其知識之劣也。惑者。其視聽之狹也。味者。其問學之淺也。三好想山。篤學而博渉。性敏而善書。夫書之爲道也。摹範天地陰陽。以傳造化不測之秘。乃在自已神腕之間。故至事物休咎。因果報應之迹。無有不寸管一揮。擧握其覇柄者。謂由其優遊漁獵硯山墨海之餘力而然者非哉。今方就其所纂述之異聞奇觀。數百千條之中。特抄録核實著明。而近人情

図8：『想山著聞奇集』（国立国会図書館）

19

男色ダークサイド

差別と虐待という男色の闇

平安時代から江戸時代の男色を見ていくと、僧侶と童子（稚児）、大貴族と中・下流貴族、権力者と芸能人、買い手（パトロン）と売り手……といった具合に、身分や地位、体格などの「力関係」が働いていたものです。

それが、江戸後期の物語の中の弥次さん喜多さんには、年齢以外の上下関係は見いだせず、ここにきてやっと男色も身分のくびきを越えるものになってきたかのようにも思えます。

しかしそこに至るまでには、もしくは至ったにしても、前近代の男色には、児童虐待や身分差別、はたまた女性蔑視の一面があったことを、見過ごすわけにはいきません。

見てきたように男色は、もとは貴族や僧侶といった特権階級のあいだで、身分や年齢が上の者が、下の者を支配する形で行なわれていた側面が大きいものでした。

そもそも仏教界で男色が盛んだったのは、女色はいけないので男なら良かろうという発想からですが、女は穢れた存在で、五つの障《さわ》りがあるという女人五障説というのが昔の日本の仏教にはあって、聖域に女は入れないという女人結界の名残が、今もあちこちの寺に残っています。性交はいけないというなら男色だっていけないはずなのに、女色のみを忌避するのは、女性蔑視の思想が働いていたからです。

加えて仏教界で男色の相手となるのは子どもたち。そこには圧倒的な支配・被支配の関係がありました。

中世には都の少年が男色目的で東国に売られていたといい（牧英正『人身売買』→第三章10）、近世の物語には、さらわれたあげく、男娼として働かされる少年たちも描かれています。

江戸後期の『亀屋万年浦嶌栄』では、河童にさらわれた少年たちは助けられるものの、「子供屋」（男色茶屋）で男娼として働かされています（→第五章18）。

その男娼の仕事がまた大変で、江戸中期ころに書かれた『諸遊芥子鹿子《しよゆうけしがのこ》』には、男娼となる少年が初めて〝玉茎〟(陰茎)を肛門に通されるのは十三歳の盆前がお定まり。女郎は男を振ることがあるが、野郎(男娼)が〝一義〟(セックス)をしないことはまれで、〝命をけづるつとめ〟と記されています。

男色はまさに重労働。

若さを求められるのは女郎に勝るとも劣らないのです。

乃至政彦は、第三章10で紹介した『醒睡笑』の十一、二歳の少年の話と合わせ、寛《かん》永《えい》年間(一六二四~一六四四)成立の『田夫物語』を紹介しています。そこでは、若衆が一物を入れられる痛みに苦しみ、痔を患って、がに股になって杖をつくような目にあう様が「見ていて苦しいものがある」とされており、乃至氏は、

「若衆との交わりが、性的虐待であることが書かれている。人々は男色の対象とされる少年の苦痛に目を向けはじめていた」

と指摘しています(『戦国武将と男色——知られざる「武家衆道」の盛衰史』)。

また、西鶴の『男色大鑑』には男色ゆえの刃傷沙汰が数多く描かれていたものですが、現実にもそうした事件は多かったようで、乃至氏によると、一六〇八年に毛利《もうり》

家、一六一二年には米沢《よねざわ》の上杉景勝《うえすぎかげかつ》が男色禁止令を出し、一六一七年には岩国《いわくに》の吉川《きっかわ》広家《ひろいえ》も今後新たに男色関係を結ぶことを禁止、一六五四年には姫路《ひめじ》（岡山？）の池田《いけだ》光政《みつまさ》が児小姓《ちごこしょう》への無作法な男色行為を絶つよう家中から誓詞を取り、一六五二年と翌五三年にはついに幕府も男色禁止令を出したといいます（乃至氏前掲書）。

それだけ男色関係に起因する刃傷沙汰などの事件が多発していた上、乃至氏の指摘するように、年少者への無体な性行為を「少年児童への性的虐待」（乃至氏前掲書）と見なす意識が人々の心に芽生えてきたわけです。

弥次・喜多の「愛」に込められた希望

翻《ひるがえ》って『東海道中膝栗毛』の弥次さん喜多さんは、年上の弥次さんが年下の元役者だった喜多さんに惚れ込んだという設定ですが、両者に目立った上下関係は見られません。ただしこれは、物語が評判になってから作られた前日譚の設定です（→第五章18）。二人が対等なのは、独り者の弥次さんと居候の喜多さんという関係がもともとの設定だから、かもしれません。

作者の一九は男色を笑いのネタとして使っていたふしもあって、18で紹介した『河

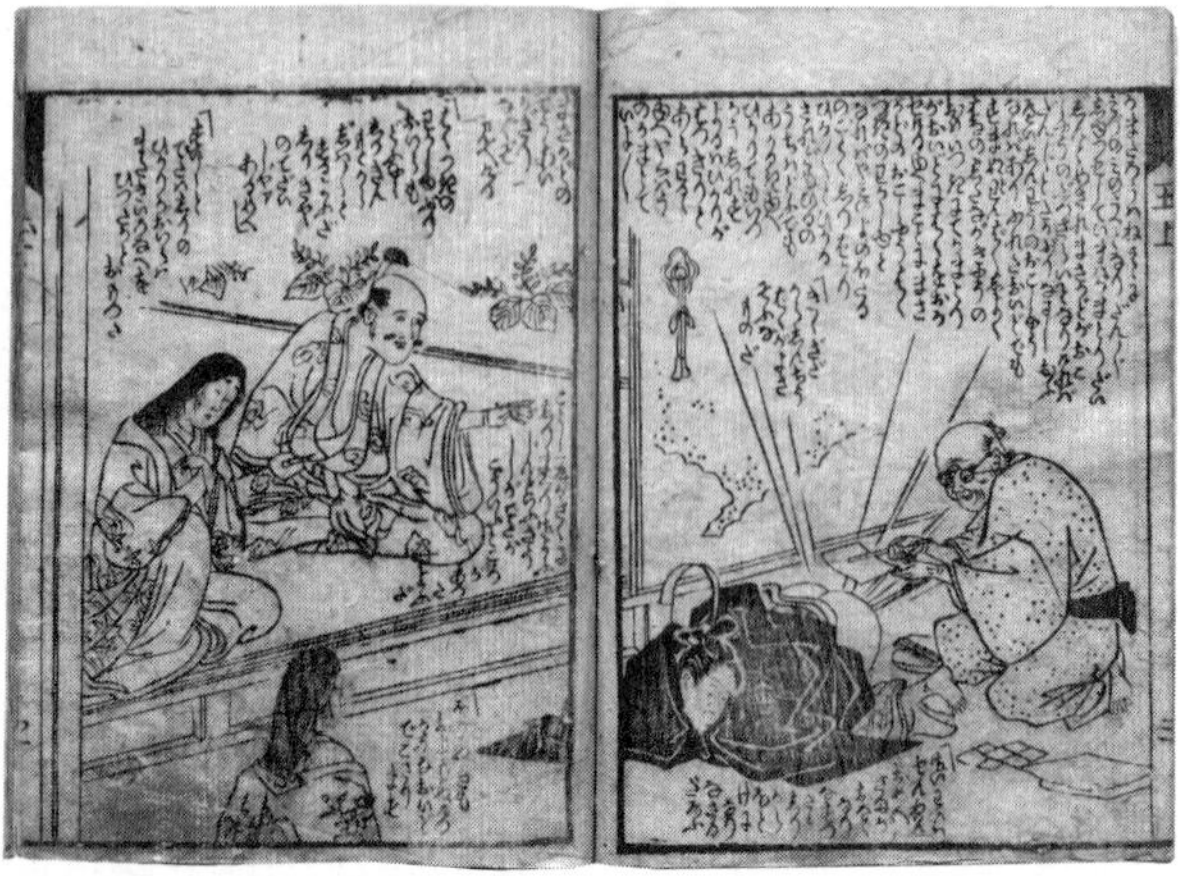

図9：『河童尻子玉』3巻（国立国会図書館）

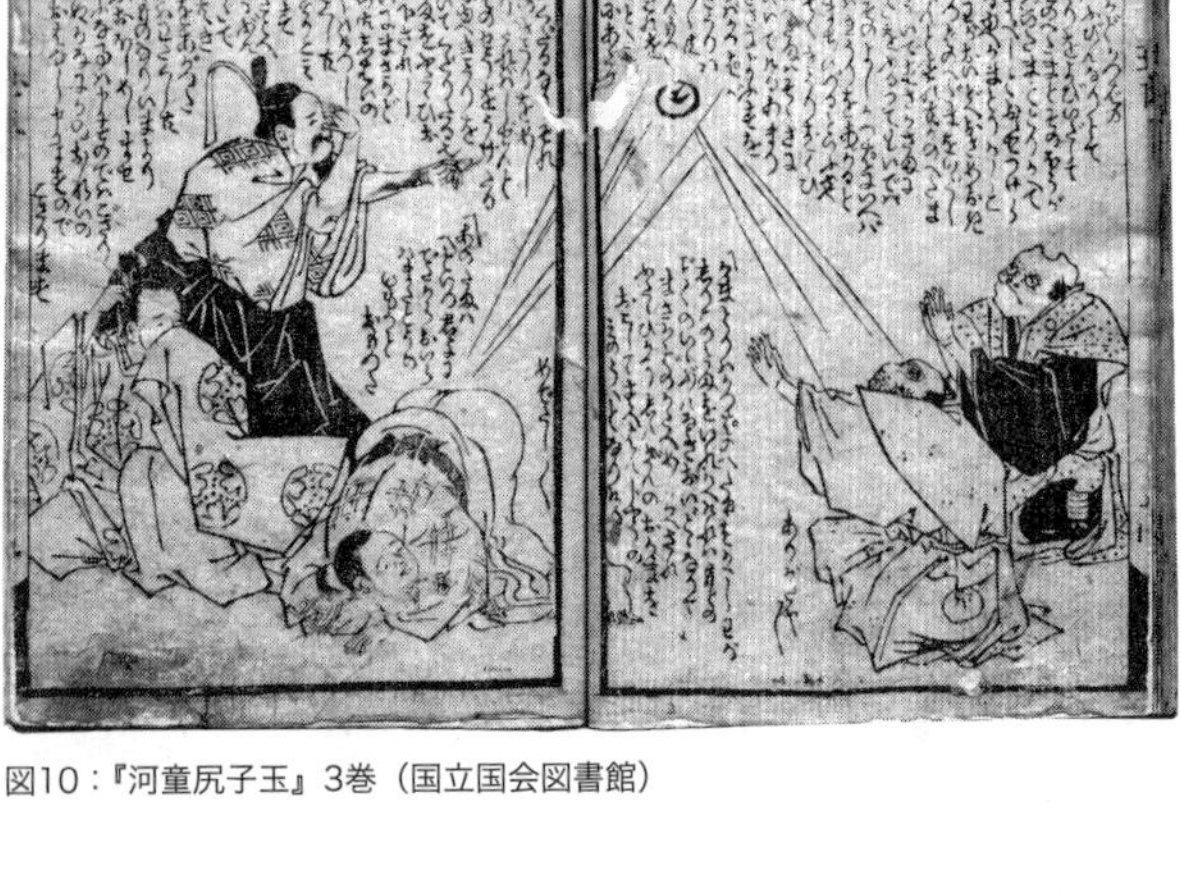

図10：『河童尻子玉』3巻（国立国会図書館）

童尻子玉』では、平将門の寵愛を受ける釜太郎が、尻で出世したために、ありきたりの尻ではいけないと、尻に金箔を置き、〝ぴか〳〵とひかる〟尻になったというようなことが、ユーモラスな絵と共に描かれています（図9）。

河童に尻子玉を盗まれ、取り戻したと思ったら臭い屁玉で、それを利用して見世物小屋で稼ぐものの、河童の願いで屁玉を返すという図（図10）も笑いに満ちたもので、男色を笑いものにしていた感は否めません。

ただ、『東海道中膝栗毛』が「上は大名から下は、文字さえ読めれば、都鄙《とひ》の庶民にまで」（『日本古典文学全集　東海道中膝栗毛』解説）というほどの人気を博したのは、その時代なりの女性蔑視や性的虐待、障害者差別はあったにしても、主人公二人の関係が対等で、遠慮のないやり取りをしている――そこに読み手は共感したのではないか。

二人の関係には「愛」らしきものがあって、そこには一種の希望が込められているのではないでしょうか。

おわりにかえて

BLは日本史の表街道だ！

いかがでしょう。日本史ってヤバいくらいにBLだとは思いませんか？

実に日本史は、BL抜きには語れないのです。

創作世界に目を向ければ、『万葉集』や『源氏物語』、『土佐日記』といった古典文学は、BL的な疑似恋愛や妄想力の宝庫であり、世阿弥が大成させた能の素材はそうした有名古典の二次創作という「腐」の元祖と言えるものでした。江戸文学や芸能もBLと深い関係があります。

現実世界でも、仏教界はもとより、院政期の政治は男色関係によって動いていたと言っても過言ではなく、室町時代以降は権力者が男色関係で以て、政治のみならず、芸能ジャンルにも影響力を及ぼし、江戸時代に入ると、芸能人との男色関係は、財力のある者なら町人・商人でも可能となって、パトロンとして文化を盛り立てるようにもなります。

ＢＬというと、歴史の裏側的なイメージがありますが、大動脈を貫いている。ＢＬは日本史の表街道とさえ言えるのです。

一方で、前近代の男色の多くは、ＢＬという口当たりの良いことばではくくれない、身分・権力・財力といったパワーをベースとした、支配と被支配の関係性の上に成り立つものであったという実態を、忘れてはなりません。

それが、『東海道中膝栗毛』の生まれた十九世紀初頭、たとえ建前にしても四民平等という概念を掲げた明治維新まで余すところ数十年となって、人々の意識は、ガチ男色であれ両性愛であれ、弥次さん・喜多さんのような下品な人柄であったにしても、遠慮なくものを言い合える対等な人間関係を、身分の上下を問わず、都会田舎を問わず、欲するまでに成熟していたのではないか。

古典文学には、女はもちろん、男同士の友情を描いた物語というのは案外少ないものです。

古代神話のオホナムチとスクナビコナ、『源氏物語』の源氏と頭中将、夕霧と柏木などは数少ない男の友情が成立しているとも言えますし、ＢＬ的にも興味深い関係なのですが、そこにはやはり身分意識がある（オホナムチとスクナビコナは例外ですが、そもそも二人は国作りという共通目的を遂行する神様でした)。

また、『男色大鑑』の武士たちや『雨月物語』の「菊花の約」の二人など、男同士の固い義理人情を描いた物語もありましたが、死を以て報いるような関係はあまりに日常とかけ離れています。

弥次さん喜多さんほど遠慮のない、時に裏切りながらも、もとのさやに収まるといったリアルな友達関係を描いた物語はなかったように思うのです。

もちろん、その関係は女性への蔑視や性虐待的なシーンの上に成り立つものでもあって、それは平安中期の『源氏物語』などと比べれば退化としか言いようのないものがあり、全体的には「低俗」であるわけですが、そうしたことを差し引いても、弥次さん喜多さんの関係というのは、BLという枠にとどまらない、人間同士の「ふれあい」を描いたものと、とらえることもできるのでは……と言うと、過大評価に過ぎるでしょうか。

BLは、異性間では成り立ちにくい関係を見たい、時にいちゃつきながらも、妊娠出産の心配もなく、恋も仕事も同じ土俵でキャッキャできるファンタジー的な関係を見たいというので発展してきた部分もあろうと思います。地位も力も年齢も対等ではない男同士の関係、レイプまがいの行為を描いたBLも少なくないとはいえ、もしも相手が女であれば、妊娠というリスクもあるし――女目線で言えば――つらすぎて見ていられないという要素もある。

第一章で触れたように、萩尾望都が作品で男子校を舞台にしたのは、女子校、男子校のバージョンを考えた時、「女の子の窮屈さに気がついて」しまったから。「『女はこうすべきだ』という社会規範」が強いため、「女の子は行動する時、いちいち言い訳がいるし、同級生や周囲の評価にさらされる。比べて描くまで知らなかった。これほど社会の抑圧を受けているのか」ということで、「少年愛というのはわからないけど、少年だったら、女の子より、社会の制約を受けずに自由に動かせるかもしれない」(『一度きりの大泉の話』)と考えたからでした。

女子への制約の多くは、何と言っても妊娠出産の「危険」がある、詰まるところは「産む性」なのだから慎重に行動すべしというところから、きているでしょう。とくに女の経済力が低い、女の地位が低い時代は、この傾向に拍車がかかります。

BLには、こうした制約から自由なところで、妄想の翼を広げることができるという強みがある。

日本には、こうしたBL的な手法が昔からあって、女が男、男が女の姿や立場になって行動したり創作したりといった歴史がありました。

性別や年齢、身分によるさまざまな制約を乗り越えツーツーにするBL的発想は、世界が分断している今、最も必要なものなのかもしれません。

二〇二三年三月

大塚ひかり

BL年表式索引

（@数字は項目のナンバー）

年代	出来事
七一二	『古事記』 男装の姉アマテラスと、弟スサノヲの子作りを描く（『日本書紀』にも同様の記述） @3 女装のヤマトタケル、クマソタケル兄弟を倒す（『日本書紀』にも同様の記述） @4
七一三	『播磨国風土記』 大きなオホナムチと小さなスクナビコナのバディ的関係（『古事記』『日本書紀』にも二人の絡みあり） @2
七二〇	『日本書紀』 〝阿豆那比《あづなひ》の罪〟、一説には男色の罪とも @2
八世紀後半	『万葉集』 大伴家持と池主、恋愛仕立ての歌贈答。ほかにも男同士や、恋

年代	出来事
	愛関係にない男女が恋愛仕立ての歌を贈答　@5
九三五以後	紀貫之「男がするという日記を、女の私も書いてみよう」と女のふりをして『土佐日記』執筆　@7
十世紀後半	『道信集』『実方集』 親友の藤原道信と藤原実方、恋愛仕立ての歌を贈答　@6
一〇〇八ころ	『源氏物語』 男同士で〝女にて見む〟（女にして逢ってみたい）と思っている　@1 源典侍をめぐる源氏と頭中将の、いちゃつき　@1 源氏、配下筋の妻の空蟬の弟小君を抱いて寝る　@1 源氏、空蟬やその継子の軒端荻と関係、空蟬の弟の小君とも同衾。一家全員の性を掌握　@9 会えない女の代わりに、身分や立場がやや軽いその親族と関係　@9

一一〇二

堀河院艶書合《けそうぶみあわせ》
七十歳ほどの祐子内親王家紀伊、三十歳の藤原俊忠と恋愛歌創作　@6

一一三六〜一一五五

『台記』　左大臣藤原頼長、源成雅、藤原忠雅、藤原為通、藤原公能、藤原隆季、藤原家明、藤原成親の七人との男色関係を記す　@8

一一五一

家成邸追捕事件　藤原頼長、愛人の秦公春に命じ、鳥羽院の寵愛する藤原家成邸に乱入させ、院に疎んじられる　@8

一一六一ころ

『富家語』　藤原忠実による源信雅・成雅父子の〝後《うしろ》〟（肛門）評　@8

一一六四〜一二〇〇

『玉葉』　承安五（一一七五）年五月二十七日条　平維盛〝衆人之中、容顔第一〟　@11

平安後期

『とりかへばや物語』

トランスジェンダーのきょうだいが主役。女姿の若君が女東宮と寝たり、男姿の姫君が女と結婚したり男に犯されたりすることによるエロスが展開　@7

年代	出来事
	会えない女（体は男）の代わりにその兄弟（体は女）と関係しようとする男　@7、@9
平安末～鎌倉初期	『右記』守覚法親王、稚児の心得等を記す　@10
一二二〇ころ	『愚管抄』平資盛、都落ちの際、比叡山に行幸中の愛人後白河院を訪ねるも、取り次ぐ者もなく、返事ももらえず　@10
一二三〇年代～一二四六	『平治物語』故源義朝はいい男だったが、子の義経はそうでもない　@11
鎌倉時代	『宇治拾遺物語』一乗寺僧正（増誉）の坊には田楽や猿楽を演ずる者どもがひしめき、呪師小院という童を寵愛　@12
鎌倉時代	『平家物語』（原形は一二二一年以前、十三巻本になったのは十四世紀?）平忠度、源氏方のふりをするも、お歯黒から平家の公達とばれる　@10

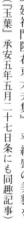

年代	出来事
一三〇九ころ	『春日権現験記絵』　女と見まがう稚児の姿が描かれる　@10
一三七八	将軍足利義満、〝大和猿楽児童〟(世阿弥)に盃を与える。諸大名、将軍の気を引くため、少年世阿弥に競って物を与える(『後愚昧記』)　@12
室町時代	『太平記』　八、九歳の猿楽の小童、アクロバティックな芸を披露、見物人熱狂し、桟敷倒壊　@12
室町時代	『義経記』　源義経を美化・女性化、弁慶とのBL的関係を描く　@11
室町時代?	『嘉吉記』 赤松持貞、四代将軍足利義持の〝男色ノ寵ニヨッテ〟備前、播磨、美作の三国を賜り、危機感を覚えた赤松満祐、諸大名と結託して訴訟、義持やむなく持貞に切腹を命じる　@13 もと僧侶の六代将軍義教が〝男色ノ寵〟により赤松貞村に家督を継がせようとしているという噂が立ち、一四四一年、満祐、義教をだまし討ち(嘉

吉の変）　@13

一五五二　ザビエル、日本人に「この人たちは男色《なんしょく》の罪を禁じている人たちだ」とあざ笑われたと、イエズス会員宛に書簡　@13

十六世紀後半　『日本史』フロイス、日本人の行なっている三大悪事の第二に「男色」を挙げる　@13

十七世紀　藩や幕府で男色禁止令　@19

一六二三　『醒睡笑』
山寺の院主〝こきん〟とその父の両人と関係か　@9
十一、二歳の少年、母親公認で僧に犯される　@10
巻之六には「若道《にゃくどう》知らず」という項目が立てられ、男色に無知な者たちのピント外れの言動を笑う　@13

年代	出来事
寛永年間（一六二四〜一六四四）	『田夫物語』　若衆が一物を入れられる痛みに苦しみ、痔を患ってがに股になって杖をつくような目にあう様が描かれる　@19
一六五二以降	歌舞伎が前髪を剃った野郎頭の野郎歌舞伎という今の形に　@15
承応年間（一六五二〜一六五五）	以後、役者が昼は歌舞伎、夜は客を取るということが常態に　@15
一六七二	『貝おほひ』序　松尾芭蕉、〝われもむかしは衆道ずき〟と男色好きをカミングアウト　@16
一六八二	『好色一代男』　主人公、五十四歳までにセックスした女三千七百四十二人、少年七百二十五人　@14
一六八七	『男色大鑑』　〝男色ほど美なるもてあそびはなき〟と男色礼讃、多くの男色話を紹介

年代	出来事
	十三歳の盆前がお定まり。男娼は〝命をけづるつとめ〟 @19
一七四九	『新著聞集』 関白豊臣秀次と不破万作の男色関係 @13
一七五三	『嵯峨日記』（門下の去来の別荘落柿舎で過ごした元禄四〈一六九一〉年四月十八日〜五月四日の日記） 松尾芭蕉、夢で亡き杜国のことを言い、涕泣 @16
一七六三	『根南志具佐』 役者への一途な愛ゆえ犠牲になる男色河童 @18
一七六四	『江戸男色細見』 自身、男色家だった平賀源内による男娼店ガイドブック @18
一七七六	『雨月物語』 男同士の約束のため死ぬ男の話、少年の死体を嘗め尽くして鬼になった住職の話 @17

一七八三 『亀屋万年浦嶌栄』 浦島太郎の子孫を襲うなど、少年を誘拐した男色河童、人間に化け、子供屋（男色茶屋）に少年を買いに来る　@18

一七九八 『河童尻子玉』 平将門の寵愛を受ける釜太郎、河童に尻子玉を抜かれる　@18

一八〇二〜一八一四 『東海道中膝栗毛』 弥次さん喜多さん、男色関係ながら、妻帯したり旅先で女にちょっかいを出したり　@18

江戸末期 『想山著聞奇集』 戸塚の大金玉乞食　@18

参考文献・参考原典

★主な参考文献については本文中にそのつど記した。

★参考原典　本書で使用した原文は以下の本に拠る。

阿部秋生・秋山虔・今井源衛校注・訳『源氏物語』一〜六　日本古典文学全集　小学館　一九七〇〜一九七六年

松尾聰・永井和子校注・訳『枕草子』　新編日本古典文学全集　小学館　一九九七年

中野幸一校注・訳『紫式部日記』、犬養廉校注・訳『更級日記』……『和泉式部日記 紫式部日記 更級日記 讃岐典侍日記』　新編日本古典文学全集　小学館　一九九四年

小島憲之・直木孝次郎・西宮一民・蔵中進・毛利正守校注・訳『日本書紀』一〜三　新編日本古典文学全集　小学館　一九九四〜一九九八年

山口佳紀・神野志隆光校注・訳『古事記』　新編日本古典文学全集　小学館　一九九七年

植垣節也校注・訳『風土記』　新編日本古典文学全集　小学館　一九九七年

秋本吉郎校注『風土記』　日本古典文学大系　岩波書店　一九五八年

小島憲之・木下正俊・佐竹昭広校注・訳『萬葉集』一〜四　日本古典文学全集　小学館　一九七一〜一九七五年

鈴木日出男・山口慎一・依田泰『原色小倉百人一首』　文英堂　一九九七年

川村晃生・柏木由夫校注『金葉和歌集』……『金葉和歌集　詞花和歌集』　新日本古典文学大系　岩波書店　一九八九年

『道信集』『実方集』……「新編国歌大観」編集委員会編『新編国歌大観』第三巻　角川書店　一九八五年

菊地靖彦校注・訳『土佐日記』……『土佐日記　蜻蛉日記』　新編日本古典文学全集　小学館　一九九五年

石埜敬子校注・訳『とりかへばや物語』……『住吉物語　とりかへばや物語』　新編日本古典文学全集　小学館　二〇〇二年

岡見正雄・赤松俊秀校注『愚管抄』　日本古典文学大系　岩波書店　一九六七年

川端善明・荒木浩校注『古事談　続古事談』　新日本古典文学大系　岩波書店　二〇〇五年

竹鼻績全訳注『今鏡』上・中・下　講談社学術文庫　一九八四年
山根對助・池上洵一校注『富家語』……『江談抄　中外抄　富家語』　新日本古典文学大系　岩波書店　一九九七年
久保田淳校注・訳『建礼門院右京大夫集　とはずがたり』　新編日本古典文学全集　小学館　一九九九年
鈴木棠三校注『醒睡笑』上・下　岩波文庫　一九八六年
小沢正夫校注・訳『古今和歌集』　日本古典文学全集　小学館　一九七一年
山中裕・秋山虔・池田尚隆・福長進校注・訳『栄花物語』一〜三　新編日本古典文学全集　小学館　一九九五〜一九九八年
栃木孝惟・日下力・益田宗・久保田淳校注『保元物語　平治物語　承久記』新日本古典文学大系　岩波書店　一九九二年
市古貞次校注・訳『平家物語』一・二　日本古典文学全集　小学館　一九七三・一九七五年
西尾光一・小林保治校注『古今著聞集』上　新潮日本古典集成　一九八三年
『右記』……塙保己一編纂『群書類従』二十四（訂正三版第四刷）　続群書類従完成会　一九八〇年
小松茂美編集・解説『春日権現験記絵』下　続日本の絵巻　中央公論社　一九九一年
『稚児草子』……田野辺富蔵『医者見立て好色絵巻』　河出書房新社　一九九五年
水原一考定『新定　源平盛衰記』二〜四　新人物往来社　一九八八〜一九九〇年
梶原正昭校注・訳『義経記』　日本古典文学全集　小学館　一九七一年
『玉葉』　国立国会図書館デジタルコレクション
表章校注・訳『風姿花伝』……『連歌論集　能楽論集　俳論集』　日本古典文学全集　小学館　一九七三年
永原慶二監修／貴志正造訳注『全譯吾妻鏡』一　新人物往来社　一九七六年
小林保治・増古和子校注・訳『宇治拾遺物語』　新編日本古典文学全集　小学館　一九九六年
『看聞日記』……横井清『室町時代の一皇族の生涯——『看聞日記』の世界』　講談社学術文庫　二〇〇二年
山下宏明校注『太平記』四　新潮日本古典集成　一九八五年
村井章介校注『老松堂日本行録——朝鮮使節の見た中世日本』　岩波文庫　一九八七年

『嘉吉記』　国立国会図書館デジタルコレクション
森銑三校訂『常山紀談』中　岩波文庫　一九三九年
日本随筆大成編輯部編『新著聞集』　日本随筆大成　吉川弘文館　一九七四年
河野純徳訳『聖フランシスコ・ザビエル全書簡』三　ワイド版東洋文庫　平凡社　二〇〇九年
松田毅一・川崎桃太訳『フロイス日本史』六　豊後篇Ⅰ　中央公論社　一九七八年
暉峻康隆校注・訳『好色一代男』……『井原西鶴集』一　新編日本古典文学全集　小学館　一九九六年
暉峻康隆校注・訳『男色大鑑』……『井原西鶴集』二　新編日本古典文学全集　小学館　一九九六年
暉峻康隆校注・訳『西鶴置土産』……『井原西鶴集』三　新編日本古典文学全集　小学館　一九九六年
中村幸彦校注『東海道中膝栗毛』日本古典文学全集　小学館　一九七五年
岸得蔵校注・訳『田夫物語』……『仮名草子集　浮世草子集』日本古典文学全集　小学館　一九七一年
相良亨・佐藤正英校注『葉隠』……『三河物語　葉隠』日本思想大系　岩波書店　一九七四年
井本農一・堀信夫注解『松尾芭蕉集』一　新編日本古典文学全集　小学館　一九九五年
村松友次校注・訳『貝おほひ』序、井本農一・久富哲雄校注・訳『笈の小文』『嵯峨日記』……『松尾芭蕉集』二
新編日本古典文学全集　小学館　一九九七年
「万菊丸鼾之図」　国立国会図書館デジタルコレクション
高田衛校注・訳『雨月物語』……『英草紙　西山物語　雨月物語　春雨物語』新編日本古典文学全集　小学館　一九九五年
「范巨卿雞黍死生交」……鵜月洋『雨月物語評釈』　日本古典評釈・全注釈叢書　角川書店　一九六九年
馬淵和夫・国東文麿・稲垣泰一校注・訳『今昔物語集』二　新編日本古典文学全集　小学館　二〇〇〇年
野間光辰本文校注・中野三敏注『艶道通鑑』……『近世色道論』　日本思想大系　岩波書店　一九七六年
中村幸彦校注『根南志具佐』……『風来山人集』　日本古典文学大系　岩波書店　一九六一年
『河童尻子玉』　国立国会図書館デジタルコレクション
『亀屋万年浦嶌栄』　国立国会図書館デジタルコレクション

『江戸男色細見』　国立国会図書館デジタルコレクション
『想山著聞奇集』……谷川健一編集委員代表『日本庶民生活史料集成』十六　奇談・紀聞　三一書房　一九七〇年
岡田甫編『諸遊芥子鹿子』　貴重文献保存会　一九五二年
黒板勝美・国史大系編修会編『尊卑分脈』一～四・索引　新訂増補国史大系　吉川弘文館　一九八七～一九八八年

切りとり線

★読者のみなさまにお願い

この本をお読みになって、どんな感想をお持ちでしょうか。祥伝社のホームページから書評をお送りいただけたら、ありがたく存じます。今後の企画の参考にさせていただきます。また、次ページの原稿用紙を切り取り、左記まで郵送していただいても結構です。

お寄せいただいた書評は、ご了解のうえ新聞・雑誌などを通じて紹介させていただくこともあります。採用の場合は、特製図書カードを差しあげます。

なお、ご記入いただいたお名前、ご住所、ご連絡先等は、書評紹介の事前了解、謝礼のお届け以外の目的で利用することはありません。また、それらの情報を6カ月を越えて保管することもありません。

〒101-8701（お手紙は郵便番号だけで届きます）
祥伝社　新書編集部
電話03（3265）2310
祥伝社ブックレビュー　www.shodensha.co.jp/bookreview

★本書の購買動機（媒体名、あるいは○をつけてください）

＿＿＿＿新聞の広告を見て	＿＿＿＿誌の広告を見て	＿＿＿＿の書評を見て	＿＿＿＿の Web を見て	書店で見かけて	知人のすすめで

★１００字書評……ヤバいＢＬ日本史

名前

住所

年齢

職業

大塚ひかり　おおつか・ひかり

古典エッセイスト。1961年神奈川県生まれ。早稲田大学第一文学部日本史学専攻を卒業。著書に『愛とまぐはひの古事記』（筑摩書房）、『本当はエロかった昔の日本』『女系図でみる驚きの日本史』『毒親の日本史』（いずれも新潮社）、『くそじじいとくそばばあの日本史』（ポプラ社）など多数。また、個人全訳を手がけた作品に『源氏物語』（全6巻、筑摩書房）がある。

ヤバいBL日本史《にほんし》

大塚《おおつか》ひかり

2023年5月10日　初版第1刷発行

発行者……………辻 浩明
発行所……………祥伝社《しょうでんしゃ》
〒101-8701　東京都千代田区神田神保町3-3
電話　03(3265)2081(販売部)
電話　03(3265)2310(編集部)
電話　03(3265)3622(業務部)
ホームページ　www.shodensha.co.jp

装丁者……………盛川和洋
印刷所……………萩原印刷
製本所……………ナショナル製本

Printed in Japan　ISBN978-4-396-11679-8　C0221

〈祥伝社新書〉
中世・近世史

527
壬申の乱と関ヶ原の戦い
なぜ同じ場所で戦われたのか
「久しぶりに面白い歴史書を読んだ」磯田道史氏激賞
東京大学史料編纂所教授
本郷和人

565
乱と変の日本史
観応の擾乱、応仁の乱、本能寺の変……この国における「勝者の条件」を探る
本郷和人

558
徳川家康の江戸プロジェクト
『家康、江戸を建てる』の直木賞作家が、四二〇年前の都市計画を解き明かす
小説家
門井慶喜

595
日本史を変えた八人の将軍
将軍が日本史におよぼした影響から、この国を支配する条件を読み解く
本郷和人
門井慶喜

658
「お金」で読む日本史
源頼朝の年収、武田信玄の軍資金……現在のお金に換算すると？
本郷和人／監修
BSフジ「この歴史、おいくら？」制作班／編